U1017141

谢谢你，
路过我的青春

吴鹏 著

中国华侨出版社

序 | 总有那么一个人

总有一个人，她在别人面前讲原则、做淑女，她谈吐文雅、举止文明，总是笑不露齿。

可在你面前，她一点都原则都不讲，说粗话、做傻事。

连说话都像无尽版的 AK47，一开火就突突突倒下一大片！

她什么都说，就是不说我爱你，她安静地看着你。

她想着，你倒是看我一眼啊，我这么爱你！

总有一个人，你觉得她会一直陪着你，她在人群中嘻嘻哈哈、吵吵闹闹，可看见你就满脸的委屈、一肚子的苦水。

倒也倒不完，说也说不清。

你安静地听她说完，一切都还是原来的样子。她跑回人群中依然嘻嘻哈哈、吵吵闹闹。

可突然的一个回头，你再也看不到她，她再也找不到你。

你在你的世界里想着一个说着委屈、撅着嘴、抬头看到月亮就会笑的女子。

她在她的世界里想着一个什么都不说、安静听她诉完苦水陪她看月亮的男人。

几世相伴今世不过一眼。

只觉得离别时忘了说声再见。

总有一个人她从来都没有走进你的心里，一副问东问西、无理取闹的强悍样子。她袖口总是挽得很高，时常握着拳头，谁挡了她的路她就大喊大叫，谁偷看了她的信她就不依不饶。

可在你面前她的问东问西、无理取闹多了些温暖的样子。

她说："你怎么穿这么少，会冻死的。"

她说："你怎么又没吃早饭，会饿死的。"

她说："你怎么能这样。"

直到有一天，单调的格子间里连一盏台灯都没有，黑暗的出租屋里连窗户都没有，拥挤的公交车上连笑容都没有。

你突然想，穿得这么少没有人关心，早饭没吃都没有人问候。

你怎么能这样？她明明很早就问过。

总有一个人她孤僻得很，埋头看一整天书不知道在看什么，一路狂奔体力透支不知道要去哪，看着看着就哭了，走着走着就停了。

可你走过去，她就嗬嗬地说个没完。

她说：“小满的大巴车怎么会在山谷中爆炸？”

她说：“你怎么会说那是青春炸开的样子？”

她说：“林子，我没有一千个愿望，我只要一个。”

你问她，她却不说。

总有一个人她总是在嬉闹的人群中悄悄离开，或者安静地坐在角落里，托着下巴听你们唱歌。她眼睛忽闪忽闪就能掉出眼泪来，她嘴巴突然一撅就能哭出声音来。

没人知道她在想什么、哭什么。

你走过去她就抱住你，你把拥抱当作安慰，她却把你当成全部。

可你终究会走，她还会哭。

总有一场遇见早已各奔东西，遇见却哑口无言。

总有一次不再相见却费尽力气走到终点，只想着看着却不再纠缠。

总有一次旅程一个人走远，只带着孤单。

总有一个肩膀靠了一会儿就突然消失，再也不见。

总有一个笑容看了一眼就此生铭刻，却只能想念。

总有一场离别还没来得及挽留，她就走远。

总有一个瞬间，你以为那就是你的世界！

总有一个瞬间——

我看到了你的世界

你成就了我的青春。

去爱吧，像孩子那样！

去恨吧，像呼啸的风那样！

去哭吧，去笑吧，像青春那样。

你的世界，我的青春。

姑娘，我们在哪里见过？

谢谢你，路过我的青春

目录
contents

第一辑
错过的也叫美好

路过我的青春
谢谢你，

第二辑
最大的勇气其实是放弃

目录

contents

第三辑 故事里的青春

路过我的青春
谢谢你，

第四辑
与爱情无关

第一辑

错过的也叫美好

时间悄无声息地流逝，把那些记忆冲进大海，

你找啊找，偶尔看到它的影子漂在海面，脚下却没有船驶向它。

有时你游啊游，它就在你的身边，莹润在水里、粘连在鱼鳍上，

你跟着它游，游到自己从未去过的地方，

看着那些梦幻般的泡泡一个个冒出水面，你凫出水面，

阳光打在脸上，突然不知道为什么会游到这里。

也许这就是我们的记忆，走着走着就忘了，忘着忘着就淡了。

也许这就是我们的青春，碰一下就是疼痛，

阳光灿烂也好，大雨瓢泼也罢，管它呢？跟我跑两圈。

001
奔跑的青春

如果回得到过去，不求你穿越人海，挤出人流，站在风火之上大喊出我爱你，只求你轻点声别把回忆震碎，别把寂寞平息。

只愿回首是你，
只愿风浪不急，
只愿蔷薇攀上墙壁，
只愿撑伞时下起小雨。

高中时候的同桌叫胡飞，我叫她古月飞，有时候干脆省掉“古”叫她“岳飞”。

她和月亮一样，那么亮又那么美的月牙儿挂在那里，夜空都沸腾起来；她和岳飞一样永远在战斗中飞得最快、飞得最远，勇猛无敌厮杀强虏建功，最后却死在了自己人的手里。

古月飞是个变态女，追她的人要跟她赛跑，跑过她才能追她。

高中三年，古月飞大大小小赢了一百多次，形形色色，无所不有。

唯一赢过古月飞的是高年级的胡月，可胡月只跟古月飞赛跑，跑过她又不追她。

古月飞拍着桌子大骂，“这算什么！”怒气冲冲地跑到胡月的班里，扯着人家的衣服一口亲在嘴上。

古月飞大喊：“这下你喜欢我了？”

胡月摇摇头还是不同意，古月飞没了耐性，揪着人家衣服拖到了校园里的小湖边。

“你同不同意？”

胡月颤颤巍巍，“不同意。我是三好学生，我要学习。”

古月飞叹口气：“你个胆小鬼，信不信我把你丢下去？”

胡月双腿发抖，“信。”

古月飞说：“那我问你，是谁告诉你谈恋爱就不能学习了？难道我们就不能一起努力考北大吗？”

这个问题一下就把胡月问蒙了，好像在他上课睡觉的时候，迷糊中看到了狠狠盯着自己的班主任一样，瞬间就清醒了过来，他眼睛放光，“扑通”一声他跳进湖里，游了大半天，边游边想，终于想明白了，上了岸对古月飞鞠了一躬就去隔壁班向心上人表白去了。他要和心爱的女生一起努力学习，共同考上清华北大，迎接幸福。

古月飞站在岸上，看着消失的背影啐了一口：“这算什么！”

古月飞继续跑，跑到满头大汗，跑到汗滴顺着脸颊流进领口，跑到汗水浸透了白色的棉布衬衫。

我在旁边坐着，吃着冰激凌。

我大喊，“又甜又冰的冰激凌，古月飞你要不要吃冰激凌？还带着尘土味。”

古月飞看看我继续跑。

我笑着说：“古月飞，胡月不喜欢你。”

古月飞一个刹车停在我面前，很认真地想了想，一把抓过我手里的冰激凌用力地吮了两口，“其实，老娘没喜欢他，他身上有一股味道，我只是喜欢那个味道而已。”

古月飞把冰激凌又塞进我嘴里，继续跑。

“这算什么!”我边吃边喊。

高二上学期的时候，古月飞趴在桌上睡了很久，突然笑醒了，她说：“我喜欢上一个男人。”我说：“不会是我吧?”古月飞说：“不是。”我说：“哦。”

这个不会是我的男人叫小志，名字听上去小，人长得却高高大大的。

我说：“古月飞我看错你了，找个高高帅帅谁都喜欢的人，这算什么?”

古月飞捂住我的嘴，“小点声。”

我大吃一惊，用力点头，“你玩真的!”

奇怪的是，古月飞喜欢小志，既不跟他赛跑，也不跟他表白。什么也不做，偶尔做着梦笑醒，然后转头说：“林子，我喜欢上了一个叫小志的男人，你说他会不会跟我表白?”

我捂住古月飞的眼睛，“爱情是坟墓。”

爱情是坟墓，葬着别人的妞，讲着别人的事，刻着别人的墓志铭。我看着爱情埋葬在坟墓里，无动于衷。

几天之后，古月飞突然跟我说：“林子，听说小志喜欢运动型的女孩，会不会是我？”

我不屑地笑了笑，“不会。”

古月飞又说：“听说小志最讨厌会偷东西的女生。反正不是我。”

我说：“那可不一定。”

然后我们班一个叫铃铛的女生突然出现在古月飞面前，她曾经是古月飞最好的朋友，这个年级的大姐大，后来不知道什么原因两个人闹僵了，从此井水不犯河水。

铃铛说：“古月飞，你是不是喜欢小志？”

古月飞头也没抬，“关你屁事。”

铃铛眼里冒着怒火，“别忘了你欠我的。”

我听见古月飞咯嘣咯嘣的咬牙声。

然后当铃铛带着小志质问古月飞有没有偷她的东西时，古月飞含着泪点着头。

我拍案而起，“这算什么？！”

古月飞一下把我按下去，“不关你的事。”

古月飞脱掉外套继续跑，在那个椭圆形的操场上，有一个身影来来回回地转着。

从起点跑到终点，又从终点跑到起点。

跑到泪水流干，跑到汗水不止；

跑到分不清哪是起点，哪是终点；

跑到不知道该在哪里停下，休息一会；

跑到再也跑不动，突然站住。

古月飞对着天空喊：“我是小偷！我是小偷！……”喊得撕心裂肺。

我不明白古月飞为什么会那么轻易地认输，她会因为一个人身上的味道把他揪到湖边，却轻易地在喜欢的人面前认输。

从此以后古月飞像变了一个人，不再刁蛮、不再胡作非为、不再耽误学习，可她还是一直跑，每次都要跑到双腿打战，

我说：“古月飞，你跑不动了吧?”

古月飞挽起袖子：“谁说的，跑两圈试试?”

我说：“古月飞，你不用狡辩了，你跑不动了。”

古月飞突然停住，趴在我肩膀上痛哭不止。

我说：“古月飞，你喜欢我吧。”

古月飞继续哭。

我说："古月飞，请你喜欢我吧。"

古月飞突然停住，一把推开我，扬起的灰尘粘在眼角又粘住灰尘，涂了一脸。

古月飞说："不。"

后来，我们考上了不同的大学，那些年在跑道上不知道缘由坚持跑步的古月飞再也没有出现过。

大二寒假，突然想到了以前的古月飞，于是我偷偷溜进高中，脱掉外套在操场上狂奔。

我想，古月飞啊古月飞，你到底在追什么呢？跑得那么快。

我想，古月飞啊古月飞，或者你到底为什么跑呢？跑得那么狼狈。

我一直跑，跑到再也跑不动，倒在跑道上。

我闭上眼睛，想古月飞啊古月飞。

我睁开眼睛，"啊！古月飞！啊！古月飞！"

古月飞双手背在背后，穿着运动感十足的灰色运动装，头发轻盈地飘着摇着，嘴角挂着一丝笑。

古月飞说："林子，怎么在这里遇到你？"

眼泪在眼眶里汹涌澎湃，连声音都在颤抖，我说："你跑得太快，我追得太久，你不跑了，我还在跑。"

古月飞说："林子，我们跑两圈。"

然后我们像漫步的情侣，在那些年的记忆里尽情畅游，操场跑道的旁边曾经年少的我，手里拿着冰激凌，他用力摇啊摇，心里使劲飞啊飞，古月飞你怎么都不看我一眼？他心里想着却不说出来。他大喊："又甜又冰的冰激凌，古月飞你要不要吃冰激凌？还带着尘土味。"

古月飞看看他继续跑。

他笑着说："古月飞，胡月不喜欢你。"

古月飞一个刹车停在他面前，很认真想了想，一把抓过他手里的冰激凌用力地吮了两口，"其实，老娘没喜欢他，他身上有一股味道，我只是喜欢那个味道而已。"

然后我们越跑越快，古月飞的确是跑得最快的那个，我跑不过她，没过一会被她落下一大截。

我朝她大喊："古月飞，你等等我。"

我说："古月飞，你等等。"

我突然停住，望着古月飞的背影大喊："古月飞，你喜欢我吧。我不伤害你。”

我说：“古月飞，请你喜欢我吧。”

古月飞突然停住，扬起的灰尘粘在眼角又粘住灰尘，涂了一脸。

古月飞说：“不。”然后就跑出我的世界。

此后的四年里，我再也没有见过古月飞。

时间悄无声息地流逝，把那些记忆冲进大海，你找啊找，偶尔看到它的影子漂在海面，脚下却没有船驶向它。有时你游啊游，它就在你的身边，莹润在水里、粘连在鱼鳍上，你跟着它游，游到自己从未去过的地方，看着那些梦幻般的泡泡一个个冒出水面，你凫出水面，阳光打在脸上，突然不知道为什么会游到这里。

也许这就是我们的记忆，走着走着就忘了，忘着忘着就淡了。

也许这就是我们的青春，碰一下就是疼痛，阳光灿烂也好，大雨瓢泼也罢，管它呢？跟我跑两圈。

毕业之后，故事还未完，但却已各奔东西。我们、你们、他们，还有那些故事，那些未完待续。

2010 年在充满漂泊感的北京再次遇到古月飞，她已经为人妻、为人母，丈夫是我们都不认识的陌生人。

古月飞从不喝酒，可古月飞说：“林子，我们去跑两圈，然后喝两杯。”

我们围着二环跑了整整一圈，身边的车辆鸣笛、路过的行人微笑、周围的阳光灿烂，我说：“古月飞，太阳这么好，我牵着你跑吧。”

古月飞说：“可你跑不过我。”

我跺了跺脚说：“这次不一定。”

那是我平生第一次赢了古月飞，我跑得大汗淋漓，古月飞上气不接下气，我们在塞满车辆、行人和灿烂阳光的街道上四仰八叉地躺在地上。

我说：“古月飞……”我说：“古月飞……”我说：“古月飞，你要过得幸福。”

我看到古月飞的眼角晶莹剔透，她哭着也笑着。

晚上我们在一家很高档的餐厅里喝醉，酒精地作用使头脑混沌，把那些尘封的过往搅浑在一起，扑腾扑腾地往上冒。

我说：“古月飞啊古月飞，你为什么老是在跑？你是在追还是在逃啊？”

古月飞说：“跑得快的人要追着梦跑，跑到梦都破了、青春都成了回忆、过去的埋进了土里。你继续跑，埋进土里的发了新芽，你有了新的梦。你继续跑，梦就不会破，青春就不会疼。”

如果回得到过去，不求你穿越人海，挤出人流，站在风火之上大喊出我爱你，只求你轻点声别把回忆震碎，别把寂寞平息。

只愿回首是你，
只愿风浪不急，
只愿蔷薇攀上墙壁，
只愿撑伞时下起小雨。

不知道又过了多少年，在老家的酒店里遇到了曾经的胡月，第一个跑赢古月飞的男人。他高中没毕业就退了学，下海经商，赔了又赚，赚了又赔，到最后赚了一大笔。他说：“这是失败的意义，是为有勇气的人准备的，你得直面那些困难，否则一辈子都是它的龟孙，抬不起头来。”

我说：“哦。”

胡月笑说：“林子，我结婚了。”

“恭喜。”

胡月说：“这还得谢谢你们家的古月飞，要不是她把我带到学校湖边把我逼到绝境，我可能还是那个软蛋。”

“怎么会是我们家？”

胡月一脸惊讶：“你们没有在一起？”

“这很奇怪？我们怎么会在一起？”

胡月眉头微皱，“可她跟我说过，如果有一个人她跑一辈子才能跟他在一起，那个人一定是林子。”

我沉思片刻，拍案而起，“这算什么?!”眼泪挂在脸上不肯掉下来也不肯退回去。

胡月若有所思，他说：“你不知道古月飞有先天的关节疾病？她每天都要跑，是因为如果她不跑，那些囊肿和积液会让她永远都不能再跑。你没发现即便是夏天古月飞也是穿长裤的？她的膝盖是变形的。”

你听过心脏炸开的声音？“轰隆”一声，把平地炸出一个口子，里面的人向你招手，让你回去。你碰得头破血流，碰得心灰意冷，可你永远都无法回去。你只能静静地站在那里，咒骂曾经的傻子。

我哭着喊着："这算什么?"

"林子，你不懂女人。女人动心的时候会去追、去抢，去跟心爱的男孩子表白，甚至扯着他的衣服拉过来亲。可女人动情的时候只会给你最好的，如果你要的是她在你身边，那她一直都在。她知道她会在所有人的记忆里变淡，变成汇入大海的一滴水，所以当她决定要离开的时候，她会毅然决然地转头就走。"

突然想起大二的那个暑假，在高中的操场上碰到古月飞。

我朝她大喊。"古月飞，你等等我。"

我说："古月飞，你等等。"

我突然停住，望着古月飞的背影大喊："古月飞，你喜欢我吧。我不伤害你。"

我说："古月飞，请你喜欢我吧。"

古月飞突然停住，扬起的灰尘粘在眼角又粘住灰尘，涂了一脸。

古月飞说："不。"然后就跑出我的世界。

"古月飞啊古月飞，你到底在追什么呢？跑得那么快。"

“古月飞啊古月飞，或者你到底为什么跑呢？跑得那么狼狈。”

人生最无奈的也许就是面对那些曾经，不管你错过了什么，都没有办法回去，连一声对不起都来不及。但终有一天你会突然明白，那些错过不会改变也不必改变，错过也是青春的一种美。

002

地面以上都是天空

青春的时候喜欢看着别人的青春。摸摸它的触角，舒展舒展它的翅膀，“蜻蜓啊蜻蜓，你怎么飞得这么低？你有翅膀怎么不去蓝天上飞?”

蜻蜓说：“地面以上都是天空，我的要求不多，在地面以上的天空飞翔。”

我是个农村人，小的时候没有多少玩具，可能拿来玩的东西数也数不清。草丛里的花鸟虫统一称为兽，猫在茂密的草丛里，等着它们一个个昂首挺胸趾高气扬地从你身边经过，偶尔它跑到你的手上，展示它飞翔的翅膀、尖锐的牙齿、密密麻麻的小短腿。草丛是我的热带雨林，湿气重、温度高，很多动物在这里变异，我怀疑这里有隐藏的恐龙。有一天，我突然看到它从蛹里破壳而出，原来是只蝴蝶。

累了倒在阳光晒得暖暖和和舒舒服服的麦秸垛里，打几个滚浑身舒畅，小睡一会儿精神抖擞。你睡着了，旁边的小伙伴盯着你，在你鼻孔里插上狗尾草，头上盘上柳枝编的帽子，眼角嘴边用煤灰画成动物的样子，最后盖上更多的麦秸，把你完完全全盖在植物的香气中，完完整整地浸在儿时的欢乐里。

然后有人经过，你突然从麦秸堆里蹦出来，把他吓了一跳。

我吓经过的路人，那人呵呵一笑抽一口老烟袋背着手继续走。

我吓收拾麦场的妈妈，她没好气地说：“快回家吃饭去，刚出锅的窝窝头。”最讨厌拿食物诱惑胃口的人，明知道我抵抗不了。

我吓经过的小狗，它疯了似的追着我跑，一直追到家门口被妈妈一嗓子吓跑了。

第一个被我吓到的人是红蜻蜓，据说她是从大城市里来的，家道中落父母离异，她从大城市来到小村庄住在她的姥姥家。

叫她红蜻蜓是因为她穿没有红花点缀的红色衣服，摸上去滑滑的，走起路来咔嚓咔嚓地响，像是无忧无虑的蜻蜓在半空敲打翅膀。

我说："红蜻蜓，你怎么一个人？没人跟你玩？"

红蜻蜓说："我不叫红蜻蜓，我叫婷婷。我刚来这里，你叫什么名字？"

我擦擦脸上的煤灰，没能擦干净抹得更均匀了，我说："我叫林子，以后我陪你玩。"

红蜻蜓开心地笑着，虽然我不知道她为什么笑，但我知道她笑得很开心。

小时候我们单纯的像一张白纸，喜欢谁不喜欢谁都清清楚楚地写在脸上面，铅笔削得尖尖的，一用力就断了。喜欢邻居家的孩子，就喊他一起去爬树、掏鸟蛋，去山上的林子里抓蜥蜴、逮蝎子，走到哪儿身后都是一大片快乐，连路过的人都淹没在里面。不喜欢的人撅着嘴让他走得远点，可我们通常连路上发疯的小狗都会喜欢，通常没有不喜欢的人。

即便不喜欢，玩几次就混成一起，像是和的黏黏的泥巴，砰的一声在地上摔出口子。

中午的时候新出锅的馍馍、窝窝头、面饼子、葱油饼子摆了满满一桌子。我大吃一惊但更想大吃一顿。

我说："怎么会有这么多好吃的?"

妈妈看我一眼，眼神严肃，她心里说："不许动!"我没听见，可我知道她说了，"不许动!"

我看着她，继续说："怎么会有这么多好吃的?"

妈妈转身就走，她心里说什么我统统知道，她说："不想挨揍就老实待着!"

可恶!

我天生嘴小可后天却撑出一口锅大的胃口，总想着要是我有一张铁锅那样大的嘴巴该有多好，那么多好吃的全都倒进去，我慢慢嚼细细咽，把美味的葱油饼子挤到右边的口腔，把味道淡淡的馍馍挤到左边的口腔，先嚼一些馒头，再嚼一些葱油饼子，或者干脆呼噜呼噜全部吞下去。

我跟旁边的人说："嗯，窝窝头好吃，葱油饼子少了点油，再多放点油就好了。"我继续说："你别老看我吃了，已经没有了。"

这么想着吃遍天下美食的巨大胃口瞬间被召唤出来，我刚一伸手就被妈妈发现，疾风厉雨般地飞过来，一下打在手背上。

我大怒，"你干嘛！我饿了！我要吃葱油饼子！"

妈妈说："洗手去。脏的像个野孩子，吃进肚子里的全是灰，又得拉肚子。"

我跑到脸盆旁边迅速洗了手飞一样地返回来，刚一伸手又被妈妈打了手背。

我大怒，"你干嘛！我要吃葱油饼子！"

妈妈说："再等会，待会有客人来。"

我讨厌客人，客人会跟我抢葱油饼子吃，不管你是否带了我喜欢的玩具小车或者七七式手枪模型，你都抢了我的葱油饼子。

我呆呆地坐在饭桌前面，四方的小板凳被我压得吱吱地响着，把胃里的馋虫全都逗醒了。

我说："客人怎么还不来，我饿了，我要吃葱油饼子。"

我说："客人呢？客人不来了，我要吃葱油饼子。"

我说：“客人会不会明天才来，我会饿死的。”

我说：“客人呢！客人呢！根本就没有客人！”

我说：“宁愿给客人吃，也不给儿子吃！”

……

老妈揪了一块葱油饼子塞进我嘴里，“哪来那么多废话。”

我心想，这哪是废话，我说了你就给我吃葱油饼子，这是有用的话。

然后红蜻蜓就出现了，她的姥姥是我们的邻居，她的妈妈临走前留了一笔钱，让我的妈妈照看她。客人不都是大人吗？怎么会蹦出一个小屁孩来。

我伸手扯下一大块葱油饼子递给红蜻蜓，我说：“红蜻蜓，你吃。吃了你就可以飞了。”

然后抓起一整个葱油饼子狼吞虎咽地吃起来。我跟狼比不了凶，跟虎比不了壮，可它们吃葱油饼子肯定比不了我。

后来我去哪儿身边都多了一个红蜻蜓。

早上还没睡醒，妈妈就掀我被窝，冷风嗖嗖地吹进去，连胳肢窝都觉得凉。妈妈说：“快起床，去隔壁叫婷婷来吃饭。”

我说：“有葱油饼子吗？”

妈妈说："没有。"

我说："那我不去，我要吃葱油饼子。"

上学的时候红蜻蜓屁颠屁颠地跟在我身后，路过菜园子，故意躲进了刚开辟的一片隐秘地，那里埋着一个铁盒，里面装的是我积攒的特殊玩具，有蚂蚱的尸体、有小鸟的蛋，还有大人们吸烟留下的烟盒，各式各样没有一个重复的。

红蜻蜓在身后不停地喊："这是什么?"

我说："牛屎都没见过，你们城里没有牛耕地?"

红蜻蜓说："城里只有牛奶没有牛粪。"

我说："我没吃过猪肉却见过猪跑，你喝过牛奶却没见过牛粪？你们城里人还真新鲜。"

放学的时候红蜻蜓屁颠屁颠地跟在我身后，小伙伴们都羡慕我，羡慕我身边有一个背着漂亮书包、扎着小马尾辫、穿着时髦的小女生。

我高傲地走在前面，朝红蜻蜓喊："这里有牛粪，别踩了。这里有水，你得迈过去……"

我觉得我是个指挥家，别人指挥乐手奏乐，我指挥小伙伴们叫好。他们没叫出声音来，可他们心里在喊，我也要红蜻蜓，我也要红蜻蜓。

回到家，扔掉书包就往门外跑，那是以前。有了红蜻蜓回到家就大喊：“妈妈，红蜻蜓回来了，她要吃葱油饼子。”

红蜻蜓是个仙女，她来了我就有数不完的葱油饼子吃。

小学四年级的时候，红蜻蜓的妈妈来看过她，我觉得她是个小气的人，连红蜻蜓爱吃的葱油饼子都没带。她好像就停了一下下就重新回到她精彩的生命中去，很短的一刹那，短到红蜻蜓的眼泪还没酝酿出来，她就走了。

红蜻蜓的妈妈走后，她才想起来要哭，浩浩荡荡地哭了一整天。那时候我想，红蜻蜓的妈妈一定有一条灿烂的路要走，那条路太灿烂、太夺目，连自己的女儿都要忌妒，干脆撇下她自己去了。

我一直这样想着，所以我觉得我的妈妈是个慷慨的人，她没有去走那样灿烂的路，而在厨房里弯着腰烙葱油饼子给我吃。

我们家原本是个富裕的家庭，爸爸在镇上开饭店挣了不少钱，村里的女人时常嘀咕说我们是资产阶级，可她们这样说着还是往我们家跑，说我们家这个花瓶好漂亮，全村都找不出第二个，说我们家的电视真清亮，里面的小人倍儿清晰。

三年级的时候我跟奶奶睡一起，一躺进被窝就是漫天的故事，奶奶讲鬼神的故事给我听，可我一点都不觉得恐怖。什么哪吒闹海把东海里的虾兵蟹将打得满地找牙。我也听得满地找牙，总想着用虾兵蟹将做了葱油饼子是什么味道。

五年级的时候妈妈在奶奶屋里另外支了一张床，让我睡在小床上，一到晚上虾兵蟹将就到我的梦里讨债，一个一个印着虾兵蟹将丑恶嘴脸的葱油饼子漫天飞舞。我偷偷溜到奶奶床上，呼呼大睡。

奶奶摸着我的头，“男子汉怎么还害怕。”

我摸摸她的头，“我怕你做噩梦。”

有时候想红蜻蜓的姥姥会不会这样搂着她睡觉，红蜻蜓的姥姥会不会讲哪吒闹海的故事给她听，她害怕了怎么办？

转眼间升了初中，年龄越大要承担的东西越多，葱油饼子越来越少，家庭作业越来越多，成堆的作业堆在桌子上，可我对它一点兴趣都没有，悄悄地溜出去躲在麦秸堆里，看妈妈从大门里跑出来找我。奇了怪了，我藏得这么完美，每次都被她找到。

最搞不懂的是初中生要开始写日记，把一天发生的事情都记录下来。我写，“睡觉啊，好困。醒了没有葱油饼子吃，为什么还要睡醒？”“要上学，秘密花园里的破旧盒子忘记埋在哪儿了？怎么会有那么多作业。”我写，“老师，如果你看到能不能不让我写那么多作业？”

我成了第一个在国旗下被批评的同学，周一的升国旗仪式，校长拿出我的日记来读，还说我是个偷懒的孩子，并且叮嘱我的语文老师，他的日记一定要写够五百字。

从那个时候开始，堆砌文字就成了我一天中最繁重的负担。

也不知道是什么时候开始，突然发现身边没了红蜻蜓，身边的小伙伴也不再羡慕我。后来我知道，在那次升国旗仪式之后，红蜻蜓的妈妈来了，什么都没说就把红蜻蜓带走了。

红蜻蜓什么也没有说，伸手拉住妈妈的衣服安静地走开了，除了一本日记之外什么都没有留下。

我记得她日记中记录的每一天，几乎所有发生过的事情都会出现，如果不是那本日记本，我都不知道跟她在一起的日子是那么快乐。

她说："林子是个顽皮的孩子，他抓青蛙、掏鸟蛋，可是我喜欢跟他在一起，每一天都能开心地笑。"

她说："有人陪着就不会孤单，妈妈不陪我，林子陪我，林子的妈妈陪我，有这么多人在，我很知足。"

她说："我的天空很小，不用飞多高就能看到全部，这一半是快乐的，那一半也是快乐的。"

她说："地面以上都是天空，我的要求不多，在地面以上的天空飞翔。"

那个时候我不懂红蜻蜓在说什么，地面以上的是花草树木怎么会一下子就飞到天上去。

我嘲笑红蜻蜓，也嘲笑我自己。

之后渐渐长大，遇到和自己聊在一起、玩在一起的人，成为朋友。有时候我感到惊讶，怎么会有那么多臭味相投的人，不过，我感谢他们，在我快乐的时候陪我快乐，在我悲伤的时候等我快乐。

有一个人我永远忘不了，我不知道她真正的名字，只记得她叫红蜻蜓，一个从大城市里来到小村庄住在姥姥家的快乐女孩。我们没有经历过多少事情，她很快离开我。可在我的童年记忆里她完好无损地站在那里。

站在那里就好，什么都不用做，总之，童年里有你，就好。

003
你是自己的主角

每个人都是主角，

每个人都是路人甲，

在自己的故事中扮演路人甲，那是懦夫；

在别人故事中扮演主角，那是强盗。

你得守住自己的风景，

你得欣赏别人的风景，

你得在风景交换的时候找到属于自己的位置，吸两口新鲜、尝两口自然，青春这场故事才能顺其自然地演到结尾。

“我是个自然人，就像自然数那样，在我旁边放上任何的数字我都完整。只要不在我右脚脚跟放个小数点，把另一部分的我分割成几部分，分给小明、小红、小青。我只要完整，就能发出电来，扛着铁锹在雷电中跑，我会大喊，你追不上我！你追不上我。我会很固执，即便雷电劈了我，我还会说，你追不上我，追了这么久老娘成全你而已。”

这句话出自一个叫怜梦的女子，是高中时候在一个学校读书时的校友，高三之前一直是老师嘴里最优秀的隔壁班女生。“80 后”的男女还隔着一层纸，虽然很薄，但却把男男女女阻隔出最遥远的距离。

所以我们在一起三年，听了三年她的名字，却从来不知道她长什么样子，就没有那么奇怪了。

直到后来突然在大学新生演讲比赛的榜单上看到这个名字。

我不相信当你突然想起某个人的时候，就会有一个跟她重名的人出现在你的生活中，还告诉你这是缘分。

我决定去会会高中记忆里的隔壁班女生，如果她的初中记忆里也有一个叫林子的男生，我们会成为朋友，如果没有我会转头就走，当她不是记忆中的那个怜梦。

“嘿，林子！真的是你!”

怜梦一眼认出了我们曾经的高中模样。

于是我们顺理成章地成了朋友。异乡遇老乡，我说，老乡好；她说，老相好!

每一场青春都像一场盛大的流沙，把最茂盛的景色埋在沙里，留下的你趟着沙走过去。一步一个脚印，一步一场青春，你不知道自己踩到了什么，是那个时候开心快乐的你，还是那个时候失落伤心的你，可即便踩到了别人的青春，她喊着你别踩破了，那是我的青春，你还是得踩过去。

青春的记忆无处下脚，踩到的都是疼痛，留在身后不许回头。

我说：“你怎么会屈身来了这里，勉强算得上三本。那年沈佳宜高考时痛经，你是因为什么?”

“你啊。因为你在这里啊。”怜梦笑得像个孩子。

瞬间被惊出一身冷汗，假装淡定，“怎么不早说，早说的话，我跟你去北大。”

怜梦突然严肃地看着我，“林子，你还懒吗?”

我说：“懒得要死。”

怜梦突然笑了，“你就是个懒人。”

这段简短的对白，成了我们最后一个笑话。

那次见面我们没有留电话，怜梦告诉我她在外国语学院A301，我告诉她我在机电工程学院B105。

一个月的时间里，怜梦没有来找我，我也没有去找怜梦。

一个月后，我找不到怜梦。

然后我突然开始做梦，持续做梦，梦到一个穿牛仔裤的女生在初中教室的门口扒着门偷偷往里看……

梦的剪影里藏着我们无法回首去捡拾的青春，你弯下腰抚摸她的脸，搂着她的肩，最后也只是一场梦。那是我们青春里所共有的一场梦。

我隐约记起从初一开始就不断出现在后门门口的牛仔裤女生，身材娇小却透着一股子掩不住的火辣，面容干净自然，称不上美艳但却让人印象深刻。

那个人，我突然想起，那个我再熟悉不过的人，就是怜梦。

我比所有人遇到怜梦更早，那个时候她不叫怜梦，叫李晨。在回家的路上我们拼车，坐同样方向的汽车回同样的村子。从小到大我们都在一个村庄里，我只知道她叫李晨，从来不知道她还有怜梦这样的名字。

初一入学的那一天，李晨突然出现在后门的门口，扒着门偷偷地往里张望。我回头看到她，看到她突然泛起的如花笑靥。

第二天早上李晨走到我的座位旁边。

她说："林子，你不吃早饭的?"

"懒得吃。"

"你懒，饿不会懒。你得吃早饭啊。"

"要你管?"

李晨表情严肃略带担忧，像个吃奶的孩子喝到了盐水，"我可以不管你，可你得吃早饭啊。"

然后像风一样的跑开。

从那天开始，我的晨读比别人多了一个环节，会有一个俏丽的姑娘偷偷地扒着门等着你看她，一直等到你看见她。你看到她，她就走近你，把你的胃填得满满的。

一个月后。

李晨说："林子，你还懒吗？"

"懒得要死。"

"林子，你开始吃早饭了。"

"要你管。"

李晨笑得更加灿烂，"我可以不管你，可你开始吃早饭了。"

那个时候我不知道李晨为什么会这样说，我只知道我有早饭吃了，不用饿肚子了。管她要干什么，饿了就要吃饭，我懒。所以我吃别人送的饭。衣来伸手饭来张口，我的高中生活怎么会这么洒脱，洒脱到像是脱光了衣服在海浪里面滚。

有一个人愿意潜移默化地改变你，那种爱一定深沉得要死也疼得要死，可那个时候的你打死都不会相信，而她打死也不会开口。

青春里总有个不起眼的人做了惊天动地的事，这个人就是我的同桌张伟，全中国最平凡的名字，也是人们眼中最平凡的人。

可他却在一次轰动全校的"分手门"之后成了惊天动地的大人物。

2008 年秋天，高三上学期。不知谁在学校的贴吧上发了一条某班班花与男友分手的视频。视频全长只有几十秒，据说是一张女孩伸手打了男孩一巴掌的照片，然后配上一些男女分手吵架的字幕，重复播放成了视频。影片中女孩子的脸被暴露无遗，而男孩子的脸则打上了马赛克。

我没有看过那个视频，也不认识那个叫怜梦的女孩。但这段“分手门”的视频，在学校里的影响很大，甚至惊动了学校领导，所以很快就被删除了。

但怜梦却迅速成了全校师生谈论的焦点。

很多人都在暗地里说着活该，谁叫他们公然违抗学校的校规，早恋不说，最后分手还闹得人尽皆知。

那个时候的我们，对不关于自己的事情，总是抱着幸灾乐祸的想法，所以即便肚子里全是坏水，天也是蓝的。

从那天起李晨再也没有给我送过早饭，我觉得一个人不会因为你每天给他送饭而爱上你，所以我知道一个人不会用每天给你送饭来表白。浪费粮食，也浪费情感。

然后再也没有听到老师说过隔壁班的女生，耳根子立马清静下来。我觉得“分手门”是件好事。

“分手门”后不到一个星期，舆论突然从“分手门”转向了“分手门”的男主角，他声称自己是“分手门”的男主角，并声称之前他做了很多伤害怜梦的事情。

这个人就是张伟。

自始至终张伟总是恶狠狠地看着我，我以为他是天生的凶相，没有搭理他。

张伟主动转学的那个早上，他跟我说了一句话，“下过雨的路上满是泥泞，走过去鞋会脏，脚会湿，可无论如何，无论如何不应该让女人去承担。”

我不知道他在说什么，“要你管？”

舆论放过了怜梦，可老师们再也没有说过隔壁班的女生。怜梦消失了，跟她一块消失的还有李晨。

当我剥开洋葱，那些故事一件件呈现在眼前，最终却发现她的心脏早已不知丢在了何处。

怜梦原来就是李晨。

我想我应该冲回老家质问张伟，可当我想到“分手门”的时候，突然间就止住了。

只有张伟知道他们曾发生过什么。

但却不是全部。

事情一晃过去了三年，我没有再找到过李晨，大一刚开学，她的妈妈意外车祸身亡，残疾的父亲无人照顾，李晨毅然决然地退学回家，嫁给了这个世界上最平凡的男人。对，他就是张伟。

又不知过了多久，在黑白色调的人群中身上的光彩被遮掩，身上的棱角被磨圆，身上的味道越来越轻，流失的错觉越来越重。

曾经梦想着做航海家的我们，曾经梦想着做骑士的我们，曾经梦想着做不平凡人的我们，无怨无悔地进了格子间，成了蚁群。把青春抛在自己找不到的地方，偶然遇到又把它藏到另一个自己找不到的地方。不是青春不美好，只是看着那样的美好，脆弱的现实容易碎掉。

30 岁的时候，突然觉得北京并不适合我这样的穷人生活，于是毅然决然回到老家。

然后在镇上的酒吧里我遇到了李晨和她的老公张伟，那个全世界最平凡的人。

我们很少说话，一直喝酒，喝到记忆如泉涌，喝到回忆全模糊。

李晨突然看着我，“林子，你还懒吗?”

我心里眼泪横飞，表面却淡定自然，我说：“懒得要死。”

李晨大笑，端起桌上的酒一饮而尽。

李晨不省人事，张伟突然握住我的手，他说：“林子，我得谢谢你。”

“哦?”

“当初如果不是你的懦弱，我一辈子都是那个全世界最平凡的张伟。”

“哦。”

“林子，我得谢谢你。”

张伟喝到不省人事，他笑着说：“林子，当年的那段视频是我发到网上的。我没觉得对不起谁，那是我的爱情，得让我自己握在手里。即便伤害了全天下的人，那也是我的爱情、我的人生、我的全部的主角。你……”张伟笑的更大声突然变得严肃，“林子，你是个可怜的人，你在自己的故事里演了路人甲。”

后来我终于知道，那个所谓的“分手门”视频的男主角是我。而所谓的“分手门”，根本只是舆论的噱头。而制造这场噱头的人，是张伟。

那个时候李晨喜欢我，我不知道。张伟喜欢李晨，李晨不知道。我喜欢李晨，我自己不知道。

所以当张伟把照片传到网上，制造了那场舆论。

当李晨最需要帮助的时候，那个全世界最平凡的张伟变成了最伟大的张伟。

而那个全世界最懒的林子，依旧是全世界最懒的林子。

李晨知道真相比我要早，可即便她跟我在同一个大学，我还是那个懒得要死的林子。

“嘿，林子！真的是你！”

李晨一眼认出了我们曾经的初中模样。

于是我们顺理成章的成了朋友。异乡遇老乡，我说，老乡好；她说，老相好！

我说：“你怎么会屈身来了这里，勉强算得上三本。那年沈佳宜高考时痛经，你是因为什么?”

“你啊。因为你在这里啊。”

瞬间被惊出一身冷汗，假装淡定，“怎么不早说，早说的话，我跟你去北大。”

李晨突然严肃地看着我，“林子，你还懒吗?”

我说：“懒得要死。”

李晨突然笑了，“你就是个懒人。”

然后李晨的妈妈意外车祸，李晨返回老家，她按照命运安排的那样嫁给了全世界最平凡的张伟。

我想李晨一定反抗了，她想让自己成为她的爱情、她的人生、她的全部的主角，可命运不允许，命运告诉他，“你只能嫁给全世界最平凡的张伟，林子是个懒人。”

林子是个懒人，林子是个烂人。

李晨返回老家遇到张伟，她对张伟说，“我是个自然人，就像自然数那样，在我旁边放上任何的数字我都完整。只要不在我右脚脚跟放个小数点，把另一部分的我分割成几部分，分给小明、小红、小青。我只要完整，就能发出电来，扛着铁锹在雷电中跑，我会大喊，你追不上我！你追不上我。我会很固执，即便雷电劈了我，我还会说，你追不上我，追了这么久老娘成全你而已。”

李晨突然抱住张伟在风里痛哭，把所有的青春抛在脑后。

初二升初三的期末考试考完，全校放假，因为玩过头错过了回家的车，我跟李晨决定在城里住一晚，我们身上只有100块钱。

李晨看了看夜风中的我们两个人，突然说道：“林子，我们两个拍张照片吧，来纪念一下我们今天的疯狂！”

我点了点头，掏出手机准备给我们二人拍照，却没想到李晨突然一只手伸过来，整个手掌擦过我的脸颊。闪光灯闪过，一瞬间被定格。从照片上看来，就好像是两个人正在吵架，女的打了男的一巴掌。

李晨斜眼看我，“林子，你还懒吗？”

“懒得要死。”

李晨斜着脑袋闭目冥思突然睁开眼直愣愣地看着我，“林子，懒人不会睡着睡着就醒了吧。”

“懒人会一觉到天亮。”

然后我们开了一间房，李晨在左边我在右边被子在中间。

李晨一夜没睡，我一睡到天亮。

2014 年 8 月，城里的六中放假，我和李晨、张伟相约同游故地。

我坐在我的位子上，张伟坐在张伟的位子上。我们从课桌里拿出课外书认真地看着，然后不时地回头看向门口。一个俏丽的姑娘偷偷扒着门等着你看她，一直等到你看见她。你看到她，她就走近你，把你的胃填得满满的。

把你的眼泪塞得满满的。

把你的青春塞得满满的。

张伟回头对我说："林子，我看过你发的那条心情。"

"哪条？"

"每个人都是主角，

每个人都是路人甲，

在自己的故事中扮演路人甲，那是懦夫；

在别人故事中扮演主角，那是强盗。

你得守住自己的风景，

你得欣赏别人的风景，

你得在风景交换的时候找到属于自己的位置，吸两口新鲜、尝两口自然，

青春这场故事才能顺其自然地演到结尾。"

“哦。”

张伟说：“这些话说得不错，可还有另一层意思，很多人读不出来。”

“哦?”

“要在自己的故事中扮演主角，可你得知道你的故事中不只有你。一个人的故事不叫故事，一个人的主角也不叫主角。很多时候主角就是你，不用去抢，但人在走风景在变，你得欣赏别人的风景，你还得创造自己的风景。”

我说：“哦。”忍不住泪流满面。

004

夏天的风

我一直相信因为经历的相同，在这个世界的某个地方一定有另一个“我”、另一群“我”，做着与我相同的事情，经历着一样的青春。就像错过的人也不会在未来的某个时间等着你，等你说对不起就可以牵手狂奔，忘记过去。

我跟浩哥说：“我的第一个女人是小冉。”

浩哥撇着嘴说：“你们发生了什么?”

我：“什么都没发生。”

浩哥：“那她怎么就成了你的女人?”

我抖掉烟灰："管它呢？小冉是我第一个女人。乐意！"

好像发生过什么她才是你的女人，好像她是你的女人就一定会跟你发生什么。一定有哪个时间你看到这句话，忧思缠身，错过于年少无知，落败于后知后觉。

小学四年级的时候，偷偷在新买的长方形橡皮上刻下小冉的名字，"李满盈"。小冉的爸妈一定希望她是个胖子，满满得都要溢出来，丰盈盈的、水灵灵的，手指一戳就流出水来。

"小冉，你为什么总是穿白色的裙子？"

"因为我喜欢白色的裙子。"

"小冉，你的头发为什么总是晃啊晃的？"

"因为我的脑袋总是晃啊晃的。"

"小冉，你的衣服为什么总是发着光？"

"因为太阳总是照在身上。"

……

小冉回头看着我，"林子，你为什么总是问我为什么？"

我回头看着自己，因为你总是穿白色的裙子，因为你的头发总是晃啊晃的，因为太阳总是照在你的身上。我这样想着。可我说：“因为你是我同桌啊。我们是距离最近的人。”

那时候的我们可以轻易地喜欢上任何一个人，她长了像妈妈一样又黑又长的头发，她有着童话世界里白雪公主的皮肤，甚至她只是你的同桌，是离你最近的人。

小学三年级的时候从农村搬到城市，为了维系生活爸妈花光所有的钱开了一家饭店，我想不通维系生活尚且花光积蓄，如果要改善生活岂不是得债台高筑，大人的世界不好理解。所以时常叫嚣要吃奶奶做的葱油饼子，时常担心会因为吃不上饭而饿死街头。

学校提供午餐，可我自己带饭，妈妈做的葱油饼子、爸爸做的清蒸米饭，习惯说清蒸米饭，味觉上有清蒸鲤鱼的感觉。我喜欢吃鱼，因为小冉的饭盒里总是装满了鱼。

“林子，你的饭好香！”小冉眼睛圆溜溜的看着我。

从此我的午饭里总是堆着一堆香喷喷的鱼块，而小冉的饭盒里总是突兀地躺着几块烧焦的葱油饼子。

小冉总是笑的，夏天的风呼呼吹着，那笑容飘在空气里，把每个人的笑唤醒。好像一个冰凉的痒痒挠“嗖”地一下伸进燥热的心窝窝里，不用准备就已经浸入快乐的水缸。你抖抖头发，快乐溅得到处都是……

小冉总是一个人，驼着背的白发老奶奶接她放学，小冉一路蹦着跳进她的怀里。

我说："小冉，你的妈妈不来接你?"

小冉说："我有林子，我有奶奶。"

我回头拉过妈妈的脸，"这是我的妈妈，分你一半。"

小冉总是生病，我觉得小冉是天使，因为她太美所以人们都喜欢她，连病毒都喜欢她。每次小冉生病，我拿随堂笔记给她，把饭盒里直挺挺的葱油饼子给她。

我说："小冉，你吃，吃了就不会死。"小冉的奶奶在一旁哈哈大笑，把做好的清蒸鲤鱼放到我的碗里。

我哈哈大笑："小冉，你快好起来，好了就有清蒸鲤鱼吃。"

小冉的生日，我们钻进密密麻麻的灌木丛里，躲在大树后面被繁枝茂叶遮挡的神秘世界里。我说："小冉你别怕，有林子在。"

夏天的风总是很心急，悄悄地带走一丝闷热转眼就不见了踪影。湿漉漉的汗浸湿一切，衣服头发和脸，所以哭了不会被发现，抹一把眼泪叫嚷着热得要死。

小学五年级的时候，我家的饭店倒闭，不得不回到农村。

收拾东西，很慢，爸爸在一旁催促，小冉趴在桌子上埋着脸。

临走的时候，小冉送给我一盒没来得及一起吃掉的香喷喷的鱼块，我送给小冉一个刻满她名字的长方形橡皮。

小冉说：“林子，你要吃鱼，你太瘦了。”

小冉说：“林子，你什么时候回来？你要回来看我，我要吃你妈做的葱油饼子。”

……

小冉说：“林子，你怎么哭了？”

我抹了一把眼泪，“太热了，热得要死。”

小冉说：“林子，我知道你一定会回来的。”

什么都没有说，没有拒绝也没有答应，像一个没有签字的合约，像一封没有地址的邮件，像一场没有准备的远行，像一次说走就走的离家出走……

我想着“你等着我，等我们再见一起吃烧焦了的葱油饼子”。

一锅鱼可以拯救胃口，一颗糖可以忘掉忧愁，这就是童年。回到农村，照样奔放地跑在没有小冉的世界里。趴在草丛里寻找被大人们遗失的另外的世界，站在河畔上等待绽放的芦苇、长着尾巴的青蛙；时不时地与风为敌、以麦秆为剑，舞出个“六脉神剑”、舞出个天下无敌；走着走着就跑起来，跑着跑着就疯起来与狗逗乐，被它追着满大街寻找武林高手……

一直跑到家门口，那疯狗被老妈喊出三里地。我隐隐觉得老妈是隐藏在凡世的武林高手，不如赵敏那般凌厉可人，不如周芷若那般妖娆多情，她是白发版的殷素素，是成熟版的小昭。对，她是灭绝师太，手里的倚天剑变成鸡毛掸子收拾厨房一尘不染……

时间的机器呼呼地转着，绞碎所有曾经勇敢的向前。之后遇到了很多女生，每一个身上都有小冉的影子，要么她肉嘟嘟的、丰盈盈水灵灵的，要么她总是穿白色的衣服，要么她总是摇晃着头发，要么阳光总是照在她的身上……

青春是一场巨浪，裹着所有人奔向没有终点的前路。这一路要经历很多，偶然的相聚，握了手就要说再见；等了多久的重逢，没几句寒暄就要再次走远。这路太长，不用想念，来不及再见。

时间一晃就过去很多年，多得手指都不够用，多得记忆里的春雨变成了寒冰……二十年后，童年再也不属于谁，也从未离开过谁。虽然童年的幻想都成了泡影，虽然没有找到那个另外的世界，虽然一切都已经过去，但有什么呢？童年的故事还藏在心里，童年的冲动还留在血液里，随时随地疯一次，随随便便哭一次，谁说这样的日子不童年？

刮了胡子，穿上久违的休闲衣服，举着牌子去机场接机。

要接的人是浩哥，三十几岁事业一帆风顺感情却一事无成。他是救苦救难的观音菩萨，可时常因为情感磨难飞往国外。经历了十几段感情，仍旧是一张没有被描绘过的白纸。

等了四个小时，浩哥打电话过来“林子，我在你家楼下，惊喜吧，快来快来，我已经吃的翻江倒海了。”

从机场打车急忙返回来，越想越觉得交友不慎，越想越觉得这人就是一变态，一杯啤酒泼在浩哥脸上。

我一脸杀气地吃烤肉串，感觉经历了从屠宰、穿串到烧烤的整个过程。“你别理我！”

三分钟之后，两杯啤酒下一把斤羊肉串入口，突然对眼前的浩哥感激起来。我是个打工族，浩哥是个大老板，能一起在乌烟瘴气人声鼎沸的烧烤小摊上吃烧烤喝扎啤，这样的朋友还有多少？

何况我总是那么穷，什么龙虾鲍鱼燕窝，那都是泯灭良心从浩哥那里骗来的。

浩哥说：“林子，我怎么就是交不到女朋友？”

我：“你不是交不到女朋友，是你的女朋友最后都成了别人的女朋友。”

浩哥：“她们明明都是我的女人，怎么走着走着就走到了别人那里去？”浩哥一口酒喝到心里，脸上的红晕多了几分憔悴，“我，谈谈你的女人吧，说点千回百折最终失败的故事，暖暖心。”

我一直相信因为经历的相同，在这个世界的某个地方一定有另一个“我”、另一群“我”，做着与我相同的事情，经历着一样的青春。就像错过的人也不会在未来的某个时间等着你，等你说对不起就可以牵手狂奔，忘记过去。

我跟浩哥说：“我的第一个女人是小冉。”

浩哥撇着嘴说：“你们发生了什么？”

我：“什么都没发生。”

浩哥：“那她怎么就成了你的女人。”

我抖掉烟灰：“管它呢？小冉是我第一个女人。乐意！”

时间总是从我们手里把那些最珍贵的东西抢走，它不告诉你也不提醒你，在你最放松的时候轻易地就占为已有。有时候，它只是站在你的肩膀上，等你累了踢你一脚告诉你情况紧急；有时候它只是溜进你的血液里，等你想要放弃的时候狂舞一次，告诉你：“你要死了，你快走，你别放弃”！

时间流过容颜，让一切改变。我还记得童年里的小冉，丰盈盈、水灵灵，手指一戳就能流出水来。可我不后悔没有留在她身边，没有回去找她，有些事情不能重来，也不必重来。

夏天的风总是凉飕飕的，我只想说你有清蒸鲤鱼留我一半。

005
三国演艺

有一个人，她像是水面上的一缕浮萍，漂啊摇啊的，明明就在水面上却像是浮在空气里。

有一个人，她时常沉默着，又时不时地出现在你面前，胡乱一气、大吵大闹。

有一个人，她一眼就能看到你的心里，你不诚实她会把一整袋的薯片倒在你的头上，大吼，滚！

有一个人，她爱着你却不会说，直到她不再爱你。

有一个人，你爱着她却不知道，直到你懂了，她却已不见了。

大二的时候认识了两个外国友人。

一个叫英波，他的爸爸来自英国，妈妈来自波兰，所以他的中文名字叫英波。此前，他们一直生活在摩洛哥！据说这次来中国是为了合作橡胶产业。

难怪我从小就一身江湖气，我爸爸祖籍江苏，妈妈祖籍湖南，病根原来在这里！

另一个叫鲁索，听名字你会以为他是个非洲人，可他是个日本人。

和英波睡一张床还算和谐，前半夜他基本都在数自己的英雄事迹，什么在地中海沿岸的悬崖上开着跑车遭遇到劫匪，挡风玻璃被9毫米口径的子弹打出一个窟窿。什么在英国最著名的海滩上冲浪遇到潜伏在水下的鲨鱼。虽然他说得很吃力，我听得更吃力，但我能看懂图片。

其中有一张图片，是一个看上去方圆几十里都不会有人烟的地方，英波的家孤零零地坐落在那，估计上千年的古树坐落在房子的正前方。奇怪的是这么空旷的地方没有院子。出门就是大自然。

“You …… don’t worry …… be stolen？（你不担心被偷?)”

“No! They don’t steal, rob directly! （不会，他们从不偷东西，直接抢!）”

描述这个建筑的图片一共有两张，一张是客厅门前停着一辆皮卡，皮卡的斗篷里装满了像啤酒一样的东西，日期是2010.10.3，看样子是傍晚，旁边有烤肉的架子。另一张同样的场景，多了三四个坐在草坪上的人，然后皮卡斗篷里的酒不见了，时间是2010.10.4，看样子是早上!

赤裸裸的挑衅啊！没喝过二锅头就说洋酒度数大，哪来的自信。

我立马飞奔两千米去学校外面的小卖铺里拿了两瓶红星二锅头。

英波喝了两口，不省人事。

至于鲁索，我从来不跟他睡一张床的。

“窗户不关、门不关、窗帘不拉，你是在说日本人素质高不怕有人偷东西、抢东西、被占便宜?”

鲁索说了一句话我就无言以对了。

他说：“是。”

赤裸裸的挑衅。

后来，英波的一大帮朋友从摩洛哥来到中国，鲁索一看到摩洛哥美女就失控了，当晚就要请人家吃饭。鲁索不知道，成群的摩洛哥人聚会不会去 KTV 或者酒吧，它们习惯了在家里聚餐，而我突然想起了英波那辆皮卡车上装满的酒。

第二天鲁索毫无意外地破产了。

鲁索让人惧怕的第一种特质就是，他能迅速从消极的阴影中走出来，然后迅速进入状态。

在接下来的三个星期里，鲁索消失了，最后他带着一大笔钱出现，还清了债务还给英波买了礼物。然后告诉英波，“this for you，that to me.（这个给你，那个给我。）”鲁索指的是英波众多朋友当中的一个，拉拉·萨尔玛。这群美女中最漂亮的一个。

鲁索让人惧怕的第二种特质就是，无论在哪儿遇到同乡都会迅速成为一股力量。

只用了短短的三个小时，鲁索就集结了全校十几个从没见过的日本留学生，做了巨大的条幅，还在英波住处外面摆满了鲜花。

做好了所有的准备，拉拉·萨尔玛终于出现。

鲁索因为太过忙碌，萨尔玛出现的时候他还在整理地上的花瓣。

我因为太过紧张，萨尔玛出现之前就站在了中间的走道上。

萨尔玛一睁眼看到一脸惊恐的我，飞奔似的跑过来。

我指着旁边的鲁索，“no！Lusuo！Lusuo！”

萨尔玛斜眼看了看天，想到了什么，突然笑了。一把拉过我，疯狂地亲吻起来。

我大喊：“不是啰嗦，是鲁索！”

管他鲁索怎么强大，又是团结又是积极的，关键时刻找准时机才是王道！

在萨尔玛亲完之后，真相还是大白了。刚亲完我的萨尔玛转身亲起了鲁索。

我指着鲁索的鼻子：“亲了我你还要！”

鲁索答道：“这才是真爱！”

真爱！

大三的时候，我们开始了好兄弟要做的另一件事——追一个妞。

目标最终锁定在春锁，春锁是我的同班同学，算是我们三个兄弟共同的好友，在上面发生的故事中大多有她的身影，只不过她沉默少言，所以在文字记叙的时候，她被忽视了。

我跟英波共处的时候，春锁坐在客厅里吃薯片。

我跟鲁索共处的时候，春锁坐在客厅里吃薯片。

鲁索追求拉拉·萨尔玛的时候，春锁站在角落里吃薯片，据说萨尔玛抱住我亲的时候，春锁的薯片掉了一地。

那天，我、英波、鲁索，分别代表三个国家的三个男人同时出现在春锁面前，她仍旧在吃着薯片。

英波说："春锁，我要跟你结婚。"

春锁仍旧在吃薯片。

鲁索说："春锁，我要跟你私奔。"

春锁轻瞥一眼继续吃薯片。

我说："春锁，我喜欢你。"

春锁一脸惊讶，薯片撒了一地。

春锁说："滚。"

于是，我们三个人各自展开攻势。英波送了春锁最爱听的 Ahmed Chawki（摩洛哥歌手）的原版专辑，据说国内很难买到。鲁索买了 999 朵玫瑰，在春锁楼下站了整整一个晚上。

但结果是，摩洛哥人和日本人都不懂中国姑娘的心。

而当我准备展开攻势的时候，春锁突然出现。

春锁说：“林子，你们为什么要追我？”

我说：“他们说好了，三兄弟要追同一个妞。”

春锁说：“那你呢？”

我说：“我喜欢你。所以，我要追你。”

春锁盯着我的眼睛，一直看到她找到答案。然后春锁将一整袋的薯片倒在我的头上，说：“滚。”

第二天春锁有了男朋友，不是我，不是英波，更不是鲁索，是一个毫不相干的陌生男子。

毕业季的最后一个晚上，春锁请我们喝酒，在学校外面一家二十四小时营业的KTV，她的男友没有去。

那是我见过最疯狂的春锁，她拎着英波的领口，“英波，你不是要跟老娘结婚吗？喝了这瓶酒，老娘就是你的人。”

春锁抱住鲁索的脖子，“999朵玫瑰，逊毙了。你没看过岩井俊二的‘情书’？用中国人的方式追中国妞，你真没创意！”

然后春锁走到我面前，晃晃悠悠地吃着薯片。

她盯着我，“林子，你们为什么要追我?”

我说：“他们说好兄弟要追同一个妞。”

春锁说：“那你呢。”

我说：“我喜欢你。所以，我要追你。”

春锁颤颤巍巍，眼睛却异常坚毅，她盯着我的眼睛，一直到她找到答案。

然后，春锁将一整袋的薯片倒在我的头上，说：“滚!”

毕业之后，英波按照约定回到摩洛哥，再也没有回过中国。

鲁索留在了中国，春锁去了我们都找不到的地方，失去联系。

三年之后，突然想到了春锁。

有一个人，她像是水面上的一缕浮萍，漂啊摇啊的，明明就在水面上却像是浮在空气里。

有一个人，她时常沉默着，又时不时出现在你面前，胡乱一气、大吵大闹。

有一个人，她一眼就能看到你的心里，你不诚实她会把一整袋的薯片倒在你的头上，大吼，滚！

有一个人，她爱着你却不会说，直到她不再爱你。

有一个人，你爱着她却不知道，直到你懂了，她却已不见了。

三年之后，我吃着薯片，突然薯片掉在地上碎了一地，像是碎了整个时间的心。

突然想起跟春锁第一次见面的时候，她吃着薯片看着我。

我说："你叫什么名字。"

她说："春锁。"

我说："我们能做朋友吗？"

她突然一脸吃惊地看着我，她说："你喜欢我？"

我说："喜欢的人才能做朋友。"

然后她盯着我的眼睛，一直看，一直看到她找到答案。

然后，薯片碎了一地，春锁突然幸福地笑了。

也许，当春锁问我："那你呢？"

我的眼睛里，已经没有了原本的诚实。

006
意外

你别老看着我，爱上你怎么办?

吃饭的时候被沙子硌牙，吃鱼的时候被鱼刺卡到，上完厕所发现厕纸没了，刚锁了门发现钥匙还在屋里……这是人生必须要经历的几件意外。

还有一个意外不是每个人都会遇到，遇到就不会忘掉，你盯着她看，她说：“你别老看我，爱上你怎么办?”

杨辉的生活中总是充满意外，意外掉进下水道卡了两天被路过的导盲犬发现；想去上海却意外买了去乌鲁木齐的车票全程，不知道自己要在哪里下车；在拥挤的人群中意外遇到儿时的伙伴又走散；进门前意外踩到狗屎浑然不知脚印铺满房间，回头一看着急忙打电话给警察，“快来！我家进了贼！”……

究其根源杨辉的出生就是个意外。据说当时杨辉的父亲事业正起步，她的母亲也刚刚考上研究生，正处于人生的上升期，意外，一朝不慎肚子大了。杨辉的妈妈坚持不生下这个孩子，因为她要继续读研，杨辉的父亲也想，来得不是时候不如直接打掉。可意外发生了，杨辉的妈妈在体检中查出子宫有问题，怀孕几率极其渺小几乎为零。

医生说：“不是不可以打掉，但以后怀孕会很困难，几乎怀不上。”

因为下一个天使可能来不了，杨辉幸运地保住了小命。

意外还在不断地发生，原本做生意的父亲孤注一掷赚了个盆满钵满，继续投资；原本打算继续读研丝毫没有压力的母亲却干脆做了家庭主妇。

所以，在杨辉的父亲眼里，杨辉是个福星，而在杨辉妈妈的眼里，他就是个意外。

杨辉的父亲继续孤注一掷盆满钵满连连翻番，没等杨辉长大就变身富豪，过上了优裕的生活，杨辉来不及辩解就成了无所事事的富家子弟。

杨辉的妈妈看到杨辉发呆就说："虽然你是个富家子弟，但是你可不能做一些不好的事情，妈妈宁愿你是个平凡的人。"

那时候杨辉只有7岁，他听不懂妈妈在说什么，只听到四个字，"平凡的人。"

所以杨辉总觉得自己是个平凡的人。

我也是个平凡的人，我们都是平凡的人，平凡的人就该跟平凡的人在一起，做朋友。朋友嘛要么是臭味相投总觉得各有所需，要么就是性格互补做什么都觉得有理有据，总之要想交朋友就不能做赶鸭子上架的事情。

我们臭味相投但性格相悖，所以经常做赶鸭子上架的事情，好在我们臭味相投。

我给杨辉打电话："嘿，出去吃饭吧，饿了。澳洲龙虾怎么样?"

杨辉啪一声挂了电话。

我再打电话过去，"嘿，晴子今天回上海，要不要聚聚?"

杨辉伸着舌头连连点头，"好啊好啊。"

我说："澳洲龙虾怎么样?"

杨辉啪一声拍了桌子咬牙切齿，“林子，你太过分了！”

晴子是第一个让杨辉心动的女人，像他自己说的那样，杨辉是个平凡的人，平凡得只剩花不完的钱。杨辉不喜欢招摇撞骗，更不喜欢在热闹的人群中对着一群小女子招摇撞骗。我们第一次进酒吧拉着晴子去，杨辉喝得不省人事目不转睛地盯着晴子看。

看的她小脸微红、耳垂微赤。

晴子说：“你别老看我，爱上你怎么办？”

杨辉一头栽倒在吧台上，一手把我拉到嘴边说：“林子，我要恋爱了。”

为了不给晴子留下负面印象，杨辉想着怎么不花钱把事情办得漂漂亮亮的。既要别出心裁又不能花钱太多，这样的话怎么听着这么耳熟。

同宿舍的杨子说：“干脆买几个蜡烛摆个心，去她楼下表白吧。”

杨辉低头：“没新意！”

我说：“既然要玩我们就玩大点的，你去蹦极吧，我们在山下你从上面掉下来，手里拉出个条幅上面就写：‘你别老看我，爱上你怎么办?’”

这设计没有让杨辉心动，反倒是那句话让杨辉觉得可行。

“可是，我最怕蹦极了!”杨辉突然想到!

“这样才能表诚意，人家看到你的诚意，你们才能有情意。”我说，“就这么定了。”

转眼就赶上晴子从老家返回上海的时机，我打电话给杨辉：“嘿，出去吃饭吧，饿了。澳洲龙虾怎么样?”

……

杨辉颤颤巍巍地吃饭，鱼刺卡在嘴里，咳了好半天才咳出来。

晴子一脸无奈：“带病请吃饭，感动倍增。”

我说：“还有更感动的……”

晴子一脸惊恐。

杨辉一脸疑问：“什么更感动的?”

我说：“晴子，明天我们去爬山吧，花儿都开了，可我们还没烂漫烂漫，再等我们就老了。”

杨辉听得一脸黑线暗骂着：“呸!”

晴子微笑回答：“好啊！杨辉你也去吧，我们野营怎么样?”

杨辉听得心情不爽，“我不是打酱油的！”

我把杨辉带出包间，这厮上来就要打我。

“你要干嘛！我怎么觉得明天我从天上掉下去就摔死了，你们俩会抱在一起骂我傻！”

“淡定，哪有那么多意外！”

杨辉大叫：“我意外还少吗？”

我安抚杨辉：“今天你得好好打酱油，明天的菜味道才够劲！”我扬着眉毛挑逗杨辉，他不懂，一拳打在我眉毛上：“呸。”

直肠子没法交流。

第二天我跟晴子出现在约定的地方，杨辉迟迟不来，晴子有些不淡定了。我说：“阳光灿烂，不怕他慢，咱们等！”

一直等了两个小时，帐篷都支起来，烤肉都要上架，杨辉才从上面跳下来，嘴里喊着：“林子，你个混蛋！”

据说杨辉包了蹦极一天的生意，从早上 9 点就站在上面，预备着什么姿势跳下去，什么时候拉开条幅，一直想到下午 2 点，都没想好要不要跳下去。他回头对杨子说：“我要死了怎么办？要不要查查有没有心脏病什么的？心脏都要跳出来了！”

杨子瞥他一眼：“肠子跳出来你也回不去了，林子交代过了，推也得把你推下去。”

下午3点，杨子一狠心把杨辉推了下去，时机正好，可杨辉的安全带还没绑好，半空中就断开了，杨辉整个人在最低点颤悠了一下，没被弹上去，直接掉在了下面的河里。

幸亏颤悠了一下，杨辉意外保住了小命。

挣扎了好久晴子才认出来是杨辉。

挣扎了好久杨辉才找到了条幅，废了好大的劲才展开条幅，上面写着“治不孕到××!”。

杨辉以为他拿对了，随意笑着等晴子回话，我在一旁捶胸顿足。

晴子低声问我：“你不孕不育?”

一直走到岸上杨辉才发现拿错了条幅，笑脸立马变成了墓碑。

可阵仗已经支起来了，总不能从头到尾都讲个笑话，杨辉单膝跪地跪在晴子面前，说：“晴子，你做我女朋友吧。”

晴子笑着：“你为什么要拿个不孕不育的条幅?”

杨辉把条幅丢进河里：“是个意外。”

事情搞成这个样子晴子竟然也答应了，又是个意外!

半年之后杨辉和晴子分手，我陪他们吃最后一顿散伙饭。

晴子说："分道扬镳的时候，拉上林子干嘛？"

杨辉说："要分就一块分，省得麻烦。"

我说："我饭还没蹭够，分什么分！"

饭桌上杨辉和晴子吃得凝重，我吃得急急忙忙，最后一顿饭怎么也得吃两只澳洲龙虾吧，以后要是想吃怎么办？我没钱吃啊。

杨辉和晴子开始喝酒，喝了两分钟开始喝醉，再过两分钟开始说酒话。

杨辉说："你个泼妇，我那么爱你就这么分手了！"

晴子举着酒杯、眼神迷离，笑着说："是个意外！"

杨辉摇摇晃晃非要喝个交杯酒："敬泼妇！"

晴子说："敬意外！"

杯子停在半空碰到一起，晴子突然黯然神伤碰了一下杯子心却碎了，她说："你别老看着我，爱上你怎么办？"

杨辉呵呵一笑："爱啊，来爱我啊！"扑通一声倒在桌上又唰的一声站起来！

一来二去两个人就醉得不省人事，连自己性别都搞不清楚，一个要去男厕，说："明明看到那个小人身上有个角角，那是裙子！"另一个非要去女厕，说："喝醉了都不能上女厕？

我要去女厕！”桌上的东西能打包的打包，不能打包的装进肚子，连路都走不动。

可是桌上的两个货怎么打包?

我摸摸杨辉的口袋，“钱呢?！哪有出门吃饭不带钱的?！”

杨辉微微一笑：“是个意外。”继续睡着！

怎么都是意外。

我颤抖着拿出自己的银行卡，看着血汗钱变成血汗流出来，一咬牙一跺脚：“杨辉！你得还我钱！”

半夜打出租车送完这个送那个，把晴子背上楼，她一会醒醒一会又睡着，一会呼哧一声跳下去说要吐，一会又啪嚓一声倒在地上说要睡觉。

我说：“你别逼我动手，我也会打人的！”

晴子眯眯眼：“哟，啥时候这么男人了。杨辉，你个怂蛋！连你父母都不让见！”

我气急败坏背起晴子继续走：“都分手了还见什么父母！”

下楼继续送杨辉，车没开多远吐了一车，司机吆喝着要赔钱，我说：“钱能解决的事还叫事？你拉的可是富二代！”

司机理智：“管你富几代，先赔钱再说。”

我说：“到地方再说行不?”

司机说：“不行!”

我总不能背他回家吧，好几里地呢!

背着杨辉走到他家楼下，杨辉突然从我背上跳了下去，一屁股坐在地上愣是不让我扶他。

杨辉指着我鼻子大骂：“滚！你们都滚！我不玩了！不玩了!”

我破口大骂：“你有病吧，好赖不分了！我是要送你回家!”

杨辉眯着眼睛躺在地上：“回什么家，这里就挺舒服，我就在这睡了!”

我气冲冲的走开，又气冲冲的回来！就听杨辉在小声嘟囔着什么。

他说：“破产了，没钱了，都是他妈意外!”

他说：“林子，我养不起你了，澳洲龙虾怎么就没多吃两只?”

他说：“没钱谈个屁恋爱，都离我远点!”

我远远地咒骂：“混蛋!”

杨辉身边总是充满意外，他的富豪爸爸投资失败盆满钵满的资产瞬间只剩下了盆和钵，里面堆满了欠条。杨辉没什么能帮忙的，把家产卖掉勉强还了欠款，一家人重新回到二十年前。

杨辉的爸爸说：“果然是个意外！”

杨辉的妈妈说：“我想现在考研是不是有点晚了？”

杨辉说：“我就是个平凡的人。”

第二天杨辉睡醒，一脸惊恐地看着我。

“我怎么在这里？昨天不都分清楚了？”

我把刚煮好的粥端给他：“分清楚个屁，你没钱还请人吃大餐，钱是我垫的，你得养好身体赔我钱。”

杨辉低头咒骂：“你个混蛋。”

吃完饭，我们买了车票回杨辉的湖南老家看望他的父母。地方是个小地方，可风景美得一塌糊涂，漫山遍野全是野花古树，往山上走的路都铺满了鹅卵石，顿时觉得应该开发一下做个风景旅游区啥的，可兜里没钱，想想算了。

直至看到他们，我才觉得杨辉的妈妈觉得杨辉生下来是个意外，这话是真的。

从大富大贵到一贫如洗，杨辉的爸妈基本没什么变化。

杨辉的爸爸说：“吃什么不是吃，澳洲龙虾吃多了也会烦，煮点粥吃小咸菜也是美食。失败不重要，重要的是我还能爬起来，儿子，你信不信，分分钟再回到从前。”

杨辉喝口粥，“已经回到从前了，还想怎么回？回到我穿开裆裤的时候？”

杨辉的妈妈说：“好事！吃香的喝辣的都忘了我想做什么了，林子，你是研究生，以前的考研资料还有吧，都拿来给我，老娘要考研。”

我呼呼地喝完一碗粥，“有，回去就寄过来。”

吃完饭我们去游乐场转了一圈，在蹦极面前停了下来，杨辉说：“林子，你玩过这个？”

我说：“我干嘛要玩这个？”

杨辉说：“可是你让我玩过这个！”

我说：“反正我不玩！”

杨辉从我包里拿出银行卡递给管理员：“今天的蹦极我们包了，想刷多少刷多少！”

我就那么点存款！

从早上十点一直站到下午三点，我都在想要是跳下去摔死了怎么办，这里下面都是石头没有河！

我说：“去你三大爷二舅奶奶的，我不玩！”

时机正好，杨辉一脚把我踢了下去，然后他也跟着跳了下去。

我说："不就是没钱了吗？以前你养我，以后我养你。"

"澳洲龙虾行不行？"

我说："你真不像你爸妈亲生的，人家破产都不怕，你怕个球球！"

"其实我不怕！"

我说："那你干嘛要跟晴子分手？"

"我觉得她长得那么漂亮，不应该过穷人的日子。"

"你怎么知道的？说不定她也是个意外。"

杨辉眉毛一扬，这货像是知道我想说什么。

回到杨辉家的时候已经是晚上八点多，虽然房子已经被搬空了，但该有的东西还有，吃饭有锅碗、睡觉有床被，够了。我们回去的时候杨辉的爸妈还没回去，我们饿着肚子一直等。

杨辉说："你会不会做饭，煮个面也好啊，中午就没吃饭。"

我说："再等等，说不定他们带着澳洲龙虾回来了呢。"

杨辉说："哪那么多意外？"

杨辉自己跑到厨房里煮了一大锅面条，还特意加了两个蛋，用生鲜酱油拌着吃，不一会儿一锅面条全部下肚，连面汤都喝不下。

杨辉大喊“美味”，拿着牙签剔牙。

我说：“面里面有肉？还用剔牙？”

杨辉拿着牙签：“你看，上面还有澳洲龙虾的肉肉。”

这货疯了。

然后晴子突然推门进来，手里提着做好的二斤重的澳洲龙虾，身后跟着杨辉的父母。

二话不说上去抢龙虾吃，杨辉也冲上去，抢到了却不吃，捂着肚子后悔。

没等他们坐下，一半龙虾就跳进我的肚子里。

杨辉的妈妈拿杯水过来：“慢点吃，吃完还有。”

杨辉大怒，“还有什么！不能留着明天吃吗？”

杨辉妈妈白他一眼，“小畜生，没你说话的份儿！”

晴子笑笑，坐在沙发上。

杨辉一直拿个牙签剔牙，牙床都剔破了还在剔。

杨辉妈妈说：“林子，你是个好孩子，阿姨喜欢你，有机会一定收你做干儿子。”

我笑笑指着嗓子说：“妈，有没有汤？噎。”

杨辉妈妈把所有带回来的东西铺在桌子上，“敞开了吃，一点都不许剩。”

杨辉无奈，小声说：“亲生儿子不要，要干儿子，真新鲜。”

杨辉妈妈无视他，对我说：“林子，干妈给你介绍个女朋友怎么样？人长得水灵，关键是心眼好，能跟你享福也能跟你吃苦，这样的女孩子哪里找啊。”

我喝一口八宝莲子粥喊：“这样的媳妇哪里找啊！”

晴子抬抬头：“那不就是我了。”

杨辉低头咒骂：“你个泼妇!”杨辉妈妈一脚把他踢跑。

一整天，杨辉没开口，晴子也不说话安心地住在客房里，连走路碰到都不打招呼。

第二天早饭还是澳洲龙虾，我跑下楼去大吃一通，看的杨辉爸妈止不住地笑。

杨辉下来一口饭都不给，杨辉妈妈说：“这些都是晴子买来的，你要吃得先问问晴子。”

杨辉气得跑出去，就见晴子站在门口，拉着行李箱。

杨辉低声说：“泼妇！你怎么来了？”

晴子笑笑：“我想去哪还要问问你？”

杨辉无话可说。

晴子说：“你就不打算说点什么？”

杨辉低头："说什么？没什么好说的。"

杨辉妈妈在屋里喊："今天娶不回媳妇来，以后就别回来了！"

晴子又问："你真不打算说点什么？"

杨辉抬头看着晴子，晴子也看着他，憋了半天杨辉说："你那么漂亮应该嫁个更好的。"

晴子无奈，"说完了？"

杨辉低头，晴子转身就走，皮箱划在地上哧啦哧啦地响。

"你等会儿！"杨辉突然抬头。

晴子回头："你有完没完！你个软蛋就不能痛快点？！"

杨辉抬头看着晴子，看了很久，突然说："你别老这么看着我，爱上你怎么办？"

……

三年之后，经过杨辉父子的共同努力外债总算还清，基本过上了正常人的日子，杨辉的老妈竟然真的考上了研究生，她打算继续深造。杨辉的意外也没断过，意外进了国企又意外被炒鱿鱼，上厕所厕纸用完的事情时常发生，后来连晴子也卷进来，意外得子，生了个活蹦乱跳的胖小子……

总之意外就没停过。

有些路很平坦连个石子都没有，开着车狂奔过去，回过头来连那条路通往哪里都不记得；有些路很崎岖，车开不上去连走过去都是晃晃悠悠颠颠簸簸的，可每一步落下的重量、每一次站起来的样子都像是明信片一样刻在脑袋里，哪天回想起来连当时哪个脚趾头磨破了、鞋子上沾了多少灰尘都能记起来。

总觉得走路颠簸些是好事，就像心电图那样，上上下下、上上下下，如此往复生命才有活力。意外？意外的话就走个直线看看！

第二辑

最大的勇气
其实是放弃

青春的车票没有返程，售票的是个满脸褶皱的老太婆，
她对你说，你只能买一张票，
不能换乘、不能下车，一路开到终点。
你看着她却什么都说不出来，那种存在你无法解释，
就像神灵那样，你敬畏他就够了，不用找到他，
更不用在他面前乞求些什么。
神灵只会成全那些应该发生的奇迹，从不滥用职权。

001
梦想制造者

最贫穷的人，不是他没了钱、跑了媳妇，房子被拆掉或者面临破产，连一个换洗的内裤都没有。最贫穷的人是那些没了梦想的人，把想飞的激情也放弃了，所以他只能站在肮脏的泥土里做个鸭子，说些别人听不懂的话。

“别理他，连梦想都没有了！”

这话是大学的时候一个再普通不过的妹子说的，她叫小满，身材浑圆丰满，喜欢穿贴身的休闲装，衣服的边角都被嘟嘟的肉填满，稚嫩白皙。她并不胖，属于肥而不腻、周正而有型的那一类。

小满说过最多的一句话就是：“我是小满，容易笑、容易哭、容易相信你。”

小满的每一天都是满满的、慢慢的，她起得比所有女生都晚，任课老师说：“一个女孩子起这么晚，将来会被老公嫌弃的。”

小满嘟嘟嘴，“不会的，我是小满。”

一直以来我都不能理解小满为什么这么说，还那样笑。后来我知道，那个时候我们已经不再相信爱情，而小满相信，她说，我是小满，爱我的人会一直爱。

有时候觉得她天真、单纯，有时候却觉得她是最真实的一个。

小满绝对是个特殊的人，不管站在多少人的人群中，你总能一眼认出她。她身上有一种光环，清澈而透明。你不用特意去寻找她，只要睁开眼，那种光亮就会把你吸引过去。

和小满认识是在学校的水房，一到中午，70%的女生会在这里排队打水，80%的男生会在这里看女生排队。我是另外

20%的男人，直接冲到队伍中间磕磕碰碰地打水去。

“你的暖壶没有盖子？会烫到手的。”小满紧张地说。

然后我被莫名其妙地带到水房旁边的超市，拿了一个崭新的暖壶盖子。一个暖瓶才要20，一个盖子就要5块，这是什么逻辑？

我说：“算了，我不要。”

小满说：“没关系，我付钱。”

我一阵眩晕感，“姑娘，我认识你吗？”

小满说：“我叫小满。”

我说：“哦，小满。”

小满突然失控似的大笑，还用力拍打我的肩膀，狂笑着说：“我就说我们认识的嘛。”

逻辑碎了一地，“那你知道我叫什么？”

小满突然严肃地看着我，“我叫小满，容易笑、容易哭、容易相信你，所以不要骗我。”

第一次见到小满，我以为她精神有问题，后来发现，她真的有问题。

那次初遇之后我们留了电话号码，你来我往逐渐成了铁哥们儿。这绝对是男女关系中最让人尴尬的关系，明明是姑娘却成了铁哥们儿，进一步哥们儿做不成，退一步连朋友都做不成。

我跟小满整天厮混在一起，她教我如何光凭表面现象分辨女孩子是否心情不佳，如何通过女孩子的着装分析她的性格。

我教她如何把规整的衣服穿出江湖气，教她如何分辨好男人和坏男人。

大一的时候，小满没有任何征兆地喜欢上了我们学校的外教——詹姆斯。小满的第一个愿望诞生，她要考过英语四级，可以和梦想已久的外教老师顺畅沟通。

但小满考英语四级却频频遭遇打击，愿望被拒之门外，花就容易凋谢，人就容易早衰，可小满是个生命不息的人。

小满问我："英文字母是24个还是26个？"

我说："算了吧，女人不要为难自己，会为难死的。"

小满说："不，这是我的梦想。"

在之后的灿烂季节里，春的娇羞、夏的浪漫、秋的无情、冬的冷酷都与我没有了关系。每天除了冷不丁地胡侃几句，我们几乎都在自习室里度过。小满随时接受英语的严苛折磨，我随时为抗战的小满提供物资支持。

她低着头撅着嘴，表情可怜。"我饿了，我要吃饼干。"

她伸着双臂仰着头，全身舒展。“我渴了，给我一瓶让我活力绽放的脉动！”

她低着头目光呆滞，英语资料好半天没有翻过一页，她倒在桌上，“我困了，天塌下来也不要吵醒我。”

……

即便一整天小满没有记住一个单词，小满还是笑着。

她说：“我努力过了。只要努力了就前进了，我们的距离就更小了。”

“一天靠近一个单词，等你靠近那个外教，人类都进化了。”

小满笑着看我，“你吃醋了？”

“吃什么醋，我就不喜欢酸的。”

小满笑着看我，“你就是吃错了。”笑得更加灿烂。

小满最终都没能考过四级，她歪着头翘起嘴角，没浪费一分一秒的阳光，她说：“没关系，还有机会。”蹦啊跳啊地走开了。

大二的时候，小满看了一部电影《Orange love》，它的中文名字你一定很熟悉“爱情公寓”。只不过这段爱情故事的讲述者是乌克兰，那里有数不清的美女，所以也有数不清的艳遇，可导演把那些美和爱放到了狭小的公寓里面，像是有一个硕大的放大镜让你看到爱情的每一个部位。

随后，小满的第二个愿望诞生，毕业之后小满要去乌克兰。总结第一次失败的经验，小满觉得要把愿望放得长远一点，这样不会很快就走到终点，不会很快就发现梦想破灭了。

我说："听说那里美女很多。"

小满说："而且那里的美女很好追，她喜欢你就会抱住你亲，不喜欢你就会吐你一口唾沫。"

我说："别勾引我，我不去。"

小满说："毕业之后我要去乌克兰，不管和谁去，毕业之后我都要去乌克兰。"

大三的时候，小满的愿望是有一个永远不会丢掉的礼物。她拿出一个巨大的玻璃瓶，里面装了一个指甲盖大小的纸鹤，她说，奶奶说千纸鹤可以把人的梦送到天上，亲手折的千纸鹤会有特殊的印记，玉皇大帝看到那些印记就会成全那个人的梦。

我说："玉皇大帝这么小气，千纸鹤都要指甲盖大小的。"

小满说："千纸鹤不能为自己折，只能折给爱的人。"

我说："换个简单点的吧，只要钱能解决的，分分钟满足你。"

小满说："我要千纸鹤，填满玻璃瓶。"

我说："矫情劲。"然后把玻璃瓶拿过来，抱在怀里。

大三的最后一天，我把装得满满的千纸鹤瓶子交给小满，从来没有哭过的小满哭得屁滚尿流，鼻涕眼泪一把又一把。

"新买的阿迪，你省着点用！"

小满哭得更厉害。

大部分时间不会主动去回忆，有些东西躲起来就有躲起来的道理，你刻意地找它，它就刻意地躲你。反倒是你不关注它，走你该走的路、过你该过的河，它就无意地出现在路边的那个站牌，出现在河道的那座桥边。

你招招手，嘿，过去，你好！

她摇摇臂膀，望着远方，却看不到你。

小满原本打算送我一个期盼已久的高档火机，很昂贵，可她突然觉得拿不出手。

小满说："林子，我送你一个吻吧。"

我惊呆，但没有反抗。送上门来的，傻帽才会拒绝。

一晃眼已经过去了两年，重新回到这里，竟突然觉得有些落寞。从这里出去之后，就再也没遇到过像小满那样的女人，不管站在多少人的人群中，你总能一眼认出她。她身上有一种光环，清澈而透明。

我站在湖边的小道上大喊：“小满，你还活着？”

然后小满突然从背后出现，一把抱住了我。

我被吓得老泪纵横。

青春的车票没有返程，售票的是个满脸褶皱的老太婆，她对你说，你只能买一张票，不能换乘、不能下车，一路开到终点。你看着她却什么都说不出来，那种存在你无法解释，就像神灵那样，你敬畏他就够了，不用找到他，更不用在他面前乞求些什么。神灵只会成全那些应该发生的奇迹，从不滥用职权。

我赶得巧，那是小满离开中国前的最后一天，毕业之后她没有像说的那样立马动身风风火火地赶去乌克兰，小满突然觉得梦想要一个一个实现，所以她报了成人教育继续学习，并且决定先去考过四级，顺便把那个外教追到手。

她的所有梦想终于全部实现，经过多次艰难的斗争，小满终于考过英语四级。一句话搞定了外教，还顺手办了护照买了去乌克兰的机票。

我说："你终于梦想成真了，恭喜了。"

小满说："我现在有了新的愿望，等我安全地从乌克兰凯旋以后，找个平凡的人、平凡地嫁了、过最平凡的日子。奶奶说，人不能太贪心，千纸鹤只能折一千个，折得多了玉皇大帝就知道你贪心，把你所有的梦都打回去，抢走你所有的愿望。"

晚上我们在一间酒吧里喝到不省人事，隐隐约约看到喝醉的小满离开酒吧，又摇摇晃晃地抱着一大包东西倒在包厢里，手里提着笨重的东西。

醒来的时候小满已经离开，桌子上放着一个硕大的透明玻璃瓶，里面堆满了指甲盖大小的纸鹤。有一个是粉色的，那是小满折的，其他的是白色的，是我折的。

我知道里面一共有一千只纸鹤，小满折了一个，我折了999个。

下了飞机的小满立马打回电话，她说："你竟然睡得跟死猪一样！你听到风声了吗？乌克兰机场的风好大。"

我没来得及说话，小满说个不停，她说："你在北京等着我，我回去给你带最好的礼物。"

然后小满就挂了电话。

十天之后，小满的电话再也打不通，在旅游的途中，小满所乘坐的大巴车，不幸坠入山谷，大巴车漏油起火发生爆炸，小满的梦想在山谷里炸开了花。

得知消息的我，在小满的家门前愣愣地站了两个小时，最后才放声哭出来。

哭到不能自已。

哭到戛然而止。

带着满满的一瓶纸鹤，回到再没有小满的世界里，再也哭不出来。那一刻我知道，我要带着小满的最后一个梦想平凡地活下去。

三年之后我有了自己的妻子，怀孕五个月，一切正常。时常笑着笑着就睡着了，又哭着哭着哭醒了。

三年后小满的祭日，我带着满满的一瓶子纸鹤去了青岛，在黄海的边上把里面的纸鹤一只一只地拿出来，让它们漂进海里。

“一个，两个，三个……八百八十一，八百八十二，……九百九十九，一千……”

“一千零一！”

不可能，瓶子里明明只有一千只纸鹤，怎么会有一千零一个纸鹤？

脑海中突然回想起小满说过的话，“奶奶说，人不能太贪心，千纸鹤只能折一千个，折得多了玉皇大帝就知道你贪心，把你所有的梦都打回去，抢走你所有的愿望。”

我颤抖着打开瓶子里最后一个纸鹤，上面歪歪斜斜地写着一行字：

“林子，我们在一起三年，你都没有想过要跟我表白的？我不够漂亮？”

小满飞去乌克兰的最后一天晚上，仿佛能够看到小满托着下巴看着喝醉的我，撅着嘴嘟嘟地笑着，然后把最后一个梦想折进纸鹤里放进瓶子中。她抖了抖身上的尘土，跺了跺脚，把要流出的眼泪颠了回去。

她走了，再没回来。

青春啊，你走得慢一点吧，等等我，等我说完那句我爱你。

青春啊，你走得慢一点吧，等等我，等我说完那句对不起。

青春转瞬即逝，从一大堆快乐上疾驰而过，又从一大堆悲伤里川流而去，没带走任何东西，也什么都没留下。你站在那里像个路牌，后面的人向你招手，前面的人走过不回头。

小满留给我的最后一个愿望混进了白色的纸鹤里，漂进了海里。我不知道上面写了什么，但一定写满了爱和眼泪。

虽然我一直觉得小满不适合做情人，但那一刻我知道，在我自此以后的所有爱情中会被一个叫小满的姑娘占据一席之地。

她是幸福的，虽然她刚刚梦想成真。但从开始到现在，她都是幸福的，也一直向幸福靠近着。

不同于我们，想要的没有得到就失落，征求的不被同意就消极，犯了错就狡辩，过了河就拆桥，别人比你富有就仇富，你比别人富有就炫耀……虽然她的梦想最终都被玉皇大帝收了回去，可在她梦想成真的过程里，她是幸福的、满足的，比我们任何一个人都幸福。

大学实习前的最后一天，我把小满送回宿舍，在楼下穿梭的人流中，小满像个兔子那样突然转身，“林子，之前我送给你一个吻，现在你得送我一个。”

我捧着小满的脸，在小满的额头上留下一个深刻的吻。

小满抿着嘴，咬得嘴唇发紫。

她说：“林子，不要活得太累，也不要忙碌地活着。如果一个人的一生都在为活着而忙碌，那他一定会死得很凄惨。他会说，我忙活了一辈子，忙活了一辈子。到最后却什么都没有得到，快乐、幸福，什么都没有。所以，林子，我们只要为了自己而活就够了！”

那个时候我不知道小满为什么会哭。

002

心灵拾荒

80 岁的时候，静衣锦还乡，在他坟前贡了他生前喜欢的香肠、阜阳老酒、五香花生还有带着塑胶味的辣味豆干。

他无法忘记的流淌在浓稠血液中永世不断的父女深情，终究还是断了。

十七年间，他一直有一个梦想，他的女儿能在安徽老家嫁一个好人家，给他衣食无忧的日子，了此一生，远离苟且拾荒的生活。

他是个拾荒者，从废弃无用的东西里淘换生活，拮据、落魄、愁闷一直缠绕着他。可他从来都是笑的，他的女儿一天天长大，他离梦想越来越近。

47 岁的时候，他在福元小区的垃圾堆旁边捡到了一台破旧的电视机，如获至宝，花了 40 块钱去维修店修好，摆在房间里最显眼的地方。午夜的时候，能看到时装秀里穿着各式漂亮衣服的外国女人。她们的身上虽然穿着上流社会的名牌，但也在过着同样艰辛的日子，也算是另一种拾荒者。

他拾荒为了生活，她们拾荒为了更好地生活。

他只能看到她们在 T 台上摇晃的身体，而她们连他的样子都没见过。

30 岁的时候，他的妻子终于忍受不了贫困，跟一个香港老板离开了生活几十年的阜阳老家，一个贫穷得连返程车票都很难买到的狭小城镇。她天生一副好面孔，应该过上好日子，招惹她的男人们都这么说，后来她自己终于也相信了。

妻子离开的时候什么也没带走，但却留下了他们唯一的女儿——静。

静是他起的名字，他们喝了一杯小酒，在堆满塑料瓶子的床头，他说："不能叫妮子，村里的妮子太多了，得找一个不一样的名字，生下来命就是不一样的。”后来他就想到了静这个名字，不用在垃圾堆里嗡嗡隆隆地翻找些值钱的东西，他想的就是这么简单。

他一直觉得妻子只是出去逛逛，用不了多久还会回来。女人嘛，心里总想着些天上掉下来的喜讯，有人突然出现在她窘迫的境遇里，就变成了救命稻草，死死地抓住。可女人不知道，很多草并不是救命的稻草，它是水草，是缠住你生命扼住你咽喉的要命草。

过了很久，他的妻子也没有回来，他总觉得她不是被天上掉下来的救命稻草缠住了，而是被水里的水草扼住了咽喉，她在困境中挣扎，而他什么也做不了。

后来他终于知道，嫁出去的女儿，跑出去的媳妇，泼出去的水，回不来了。

46 岁的时候，静刚满 17 岁，眼睛透彻得像一汪清水，石头落在里面连涟漪都是一轮一轮绵延不断的。他坐在床边吧嗒吧嗒地抽着老旱烟，一直抽了一整个上午，隔壁的老张头喊他去镇上新开发的工地上收些破铜烂铁，他没好气地喊：“你自己去吧，我不去了！”

下午四点，他用力地把烟杆里面的烟灰磕在地上，用力锤了捶胸口，他想静得上学，上了学才有出息，将来才能嫁个好人家。

他用仅有的存款供静上了当地的一所职业中学，静学的是会计专业。他不懂，只知道那是跟钱打交道的行当，每天流水似的人民币比他一辈子挣的钱都多。他的幸福很简单，能看到人民币在眼前流过去就很幸福，满心为静的生活感到安慰。

静住校，偶尔回来一趟拿了生活费就回去，连顿饭都不愿跟他吃。老张头说："这算什么闺女？连顿饭都不能吃，我说老李头，你就不怕她有出息了就不要你这个爹了？"

他指着老张头鼻子大骂："放狗屁！走到哪我都是她爹，跑到哪她都是我闺女！断不了！"

他把老张头喝走！却说服不了自己！

那一年，静领着城里的男朋友见他，带着他爱喝的阜阳老酒，还有年节才能吃到的烤鸭、鸡排。

那一天是他一生中最高兴的一天，迷迷糊糊地就醉了酒，抓着准姑爷的手，絮叨了他整个的曾经。从他的爸妈、爸妈的爸妈，断断续续几十年的光景竟让他一天里讲述了出来。从断了双腿的爷爷，到后来埋怨了一辈子爷爷的父亲，再后来父亲死了，他才突然觉得捡了一天破烂回来连个抱怨的人都没有，心里会多么冷清。哪怕是断腿断脚，只要有那么一个人在那，什么也不用说什么也不用做，你就能觉得温暖、觉得安全。

自始至终从清醒到酒醉，他都没有提起静的妈妈和香港富商离开了的过往。金钱能够迷惑的东西，又有什么值得提的。他捡了一辈子破烂换来的钱，人家一顿饭就挥霍了，想必前几世都捡了破烂，才换了今世这一顿饭的光景，必定是长久不了的。

醒来的时候，他头疼得厉害，床头的塑料瓶子仍旧堆着，桌面上凌乱地放着他平日里最喜欢的香肠、阜阳老酒、五香花生，还有带着塑胶味的辣味豆干。他抓着桌子上留下的一张字条懒懒地睡去，最终还是变得清醒。他读过几年的书，那些字他恰好都认得。

爸：

我走了，去很远的地方。我会生活得很好，至少衣食无忧。有时候，会想起一面之缘的母亲，她一定也在很远的地方，过着衣食无忧的生活。

也许我会忘记你，也许我会回来接你，让你过上衣食无忧的生活。

静

他可以忘记一个人的名字，像他已经忘记的爷爷，像曾抛弃他的妻子，但他无法忘记浓稠血液中永世不断的父女深情。他相信，有一天他的女儿静，会回来，接他去过衣食无忧的生活。

又过了另一个十七年，他还在等着。换了二手的三轮车，杂乱无章的垃圾堆成了一个丘陵。推手推车的老张头劝他再找一个媳妇生一个娃，他固执地说他有一个叫静的女儿会回来接他，过衣食无忧的生活。

女儿的一句话，成了他一生的等待。

他仍旧每天去工地上捡垃圾，工人们丢的塑料瓶子、工地上废弃的钢筋、铁块，遇上抠门儿的工头还要搭上几盒烟钱。他总会说，没有一辈子都富的富人，没有个孝顺的子女，终了必然是一生富贵老来穷的下场。他这样说着别人，却全然忘记了自己就身处这样的处境。他硬气地嘲笑单身的工头，工头比他更硬气，把他赶了出来，还砸了他的三轮车。

在工地外面废弃的砖头堆里，他遇到了仔子，一个满脸灰尘和傲气的 11 岁男孩。仔子抱着一堆废弃的铁块，看到他就要跑。

“屁孩子，跑啥，吃了你咋的？”

仔子抱着废铁连连后退，“铁块是俺捡的，要拿，你得给钱！1斤7毛。”

他咯咯笑个不停，“给你1块，卖不卖？”

他把仔子带回了自己家，一台破旧的电视机，一张脏乱的床，十几年里竟成了他们最欢愉的所在。仔子很机灵，知道在工地上如何逃过工头的眼收到铁块，如何在废弃的工场里拆卸零件。12岁那年，仔子被警察抓走，原因就是仔子在废弃工厂里偷了三片生锈的法兰盲板。

他去警察局赎仔子，3块钱一斤的铜，他交了1800元的罚款。他告诉仔子“从今往后，俺就是你爹，你是俺花了1800元买的！”他骂仔子是小乞丐，他说他是有女儿的人，将来会过衣食无忧的生活，他说：“你个仔子，还不得靠我养活！”

仔子说他有一个有钱的娘，他在仔子的衣服兜里找到了一张当地知名作家的照片。于是，他带着仔子满世界找他那个有钱的娘。后来，就在那作家的楼下，看门的保安把他抓了起来，送到了派出所。作家指着那个装有她照片的钱包说是几年前被偷的。警察局立案调查，最后终于帮他洗脱了嫌疑。

离开警察局的那天，仔子扑通一声跪在地上，喊了一声“爹——”

贫穷到一无所有，他还剩下一个儿子。

仔子 17 岁那年，他手里有些积攒，于是送仔子去了学校。但仔子最后还是辍学回家，因为这小子根本不是一块读书的料。

仔子接了他的班，在镇上开了一家废品收购站，虽然读书不怎么样，但在赚钱上，仔子头脑十分灵活，很快就把废品收购站做出了样子。

他 70 岁那年，静回来了，看了他一眼，什么都没说就走了，留下了一封信。

爹：

这几年过得不好，出了很多事，急需用钱。

622848……618

静

第二天醒来的时候，桌子上放着他素来喜欢的香肠、阜阳老酒、五香花生、带着塑胶的辣味豆干。他二话没说把毕生的积攒打到了那个账户上，一共 3985 块钱，一分都没留下。

“能记得她爹三十年前爱吃的东西，她就还是俺女儿，她就还是静。”他呵呵笑着。

73 岁的时候，他得了老年痴呆，说些奇怪的话，做些奇怪的事，没人看得懂也没人搭理他，除了终日守在他身边的仔子。

他手抖得厉害，坐在竹藤编的摇椅上，眼睛总是望着远处，一辈子追求的衣食无忧已经成了现实，可他并不富足。仔子在他旁边择菜，摇摇他的椅子说：“你把我当儿子养了二十年，我把你当爹养了二十年，咱们虽然永远都不会有血缘关系，但你永远都是我爹，我仔子会继续照顾你。”

他突然痛哭起来，老泪纵横。想要喊些什么东西，舌头不听使唤，吐沫不停地流出来。

仔子拿出手绢擦了擦他的嘴，“爹，我推你去晒晒太阳。”

80 岁的时候，静衣锦还乡，在他坟前贡了他生前喜欢的香肠、阜阳老酒、五香花生还有带着塑胶味的辣味豆干。

他无法忘记的流淌在浓稠血液中永世不断的父女深情，终究还是断了。

003
蝌蚪的爱情

“林子，爱一个人有罪吗?”

“没有，被爱的人才有罪。一开始他爱着你，后来不爱了。他有了新的选择，你没有。”

“那爱就是自作孽不可活了。”

“被爱的人作孽，不可活的却是你。”

“那爱是什么?”

狭小的泥潭里有一汪清水，水里住着一只蝌蚪，从它出生以来就一直生活在这里。这里水流清澈、水草丰美。它喜欢在阳光明媚的日子，摇着尾巴从水底冲到水面，可它碰到光亮就返回去，躲在泥潭下面的草丛里。

没过两天，滂沱大雨下了一整夜，所有的蝌蚪都离开了这里，顺着沟渠、划过石壁被冲进更大的池塘里，那里水草丰美、鱼儿畅游，唯独它不愿离开。

它想着，别处的水草怎么会有这里的丰满，别处的阳光怎么会有这里的明媚。

它摇着尾巴从水底冲到水面，晒一下阳光躲回泥潭下面的草丛里。

风吹来一片叶子掉在水面上，它躲在树叶下面，一会探出头来看看天空，一会探出头来看看太阳。

它奋力一跃跳到树叶上面，尽情地跳啊、蹦啊、打啊。

它躺在树叶上看着天空，晒着太阳，一转头看到水面上自己的倒影。它突然想，我竟然一个人在这里待了这么久。

它盯着水面上的倒影，那影子也盯着它。它摇摇头，影子摇摇尾巴嗖的一声钻回泥潭下面的草丛里。

它眼前一亮，心想着原来这么久我都不是一个人。它迫不及待地跳进水里，寻找那个影子。

它说：“你怎么没有顺着水流去别的地方。”

她说：“别处的水草怎么会有这里的丰满，别处的阳光怎么会有这里的明媚。”

她想，别处的风景没有你，看了会孤单，但她没有说出来。

它激动地说：“你的尾巴真漂亮。”

她笑了笑，害羞地游走了。

它们一直生活在一起，从刚刚成形的蝌蚪，到长出后腿，到长出前腿，到尾巴消失。有一天它跳上树叶看到水面上自己的影子，它竟然变成了青蛙。

它抬头看看太阳，低头看看强健的四肢，风一样跑开了。

她还呆在水里，它说它喜欢她的尾巴，所以她强制自己不去进化，她没有长出四肢尾巴也没有消失。

它跳着离开的时候，她还没有长出四肢。

她说：“你说过你喜欢我的尾巴。”

它说：“那是蝌蚪说的，我是青蛙。”

她说：“你等等我吧，等我变成青蛙，你想去哪儿我们就去哪儿。”

它说：“我等不了了，我要去更大的池塘里。这里的水草怎么会有那里的丰美，这里的阳光怎么会有那里的明媚。”

她奋力地跳出水面，摇晃着身子爬向它的方向。

她爬啊爬，爬到看不到它的身影，爬到找不见回家的路。

她被太阳晒得干瘪，死在不能进化的爱情里。它跳进了更大的池塘，它的爱情才刚刚开始。

这个故事写在小柯的日记本里，很久以前我不知道她想要说什么，为什么那页纸比别的更皱、更黄，还有被水浸过的污渍。小柯一定读了很多遍，不停地读，她看着故事中的她在爱情中停止进化，看着她跟随在它的身后跳出水面。

小柯一定哭了，眼泪掉在纸上把爱情洇成了污渍。

虽然学校的老师和家长都反对早恋，但是小柯还是早恋了，而且比所有人都要早。

她说：“我喜欢孙尚也许是在小学的时候，我在橡皮上刻他的名字，每一刀都认认真真。”她看着天空若有所思，她说：“也许我喜欢孙尚比那时候还早。”

孙尚是小柯眼里的邻家男孩，小学的时候他戴鸭舌帽、穿白色的外套，小学生是祖国的花朵，可孙尚是一片绿叶，在满是花朵的花丛中轻易地战胜娇艳。

初中的时候，小柯每天都写两篇日记，一篇交给老师，写读后感、观后感，写猫猫狗狗、花花草草；另一篇藏在床底，只写孙尚。

“他今天穿了红色的运动装，球鞋上有一道污渍。有一天我会成为他的女人，为他洗衣做饭，把球鞋上的污渍洗刷干净。”

小柯把纸条藏在口袋里，晚上回家一笔一画地写在带锁的日记里，藏在床下装满旧书的纸盒里。

高中的时候，小柯每天在校门口站很久。

她说：“你们先进去，我要去买些早点。”

她说：“你们先走，我的笔记本忘在教室里了。”

小柯骗人，她明明没有买早点，也明明没有把笔记本忘在教室里。

只要孙尚骑着山地车，戴着耳机，摇着头出现在校门口，她就会进去或者出去。

小柯说，我已经习惯了那种节奏，在他出现的时候跟他走两步，在他摇头的时候想着他听的歌、哼着他想听的曲子。后来，我买了《半岛铁盒》的磁带，在窗前哼着“我永远都想不到陪我看这书的你会要走……”突然就哭出声来。

高二的时候，风一般的少年突然在小柯面前急速地刹车，山地车的后车胎在地面上划出黑色的胎痕，小柯记得有一只蚂蚁死在那场剧烈的摩擦里，可小柯想起来都会笑。她说，林子，被剧烈摩擦的明明是我的心脏，却有一只蚂蚁死在那场剧烈的摩擦里。

鸭舌帽挡着孙尚的脸，可小柯知道那是她记忆里再也抹不掉的模样。

孙尚说："上车。"

小柯什么都没有问，她坐在后座上，裙摆在夏天的风里摇摇晃晃，一会摆向这边，一会又摆向那边。

孙尚说："你记得我？"

小柯咬咬嘴唇，眼泪突然飘在风里，她说："记得。"

孙尚说："做我女朋友吧，我送你回家。"

小柯沉默着一直流泪，她什么都想说，说她从小学开始就喜欢他，说她喜欢他也许比那更早；说她有两个日记本一篇交给老师，写读后感、观后感，写猫猫狗狗、花花草草，另一篇藏在课桌里，只写他；说她喜欢在校门口等他，在他出现的时候跟他走两步，在他摇头的时候想着他听的歌、哼着他想听的曲子。

小柯什么都想说，可她什么都没说。

孙尚的脸迎着风，迎着小柯的眼泪。那是孙尚第一次亲她。小柯说，那是 2008 年 7 月 2 号，我一直记得那天，那天孙尚吻了我。他的吻是甜的。他突然骑得很快很快，左摇右晃，我害怕，用力抱住他的腰。我抱得越紧他骑得越快，快到整个青春都要飞起来。

说到青春都要飞起来，小柯突然振臂一挥，像是真的要飞起来。

小柯笑着寻找青春的样子，微笑像含苞待放的花，不浓烈却最灿烂。

小柯的青春里有一个叫孙尚的男孩，他不怎么说话，只会在骑单车的时候骑得飞快，让小柯抱紧他的腰，抱得更紧。

小柯的成绩很好，可她的志愿和孙尚一样，轻易就能考上一个二本的学校。她的高考比别人都累，她要想着，这个题不能做对，做对了就超分了。她不能让孙尚知道她考上那所大学是故意的，她只能说是痛经了或者睡着了。

小柯笑着说："恋爱的男人像个孩子，他会吃醋会忌妒会生气，会没有缘由地突然抱住你，让你知道你是他的，只能是他的。"小柯笑得像个孩子，她说："那时候我们很少会说我爱你，却爱得最真诚。"

高考结束的暑假，小柯每天都和孙尚在一起，陪他打台球、买衣服、吃路边摊、去游戏厅……小柯说：“有时我们只是走，他在前我在后，他回头生气地看我，摆摆空着的手；有时我们并肩走着，听周杰伦的歌，各自哼唱；有时他顺手买了路边的花塞在我的手里假装不看，我问他谁买的，他说天上掉下来的；有时我们停在某个地方莫名其妙地笑，笑很久很久；有时我们突然追着一只小狗，满大街地跑。”

青春的石头一旦碰到一起擦出火花就会变成火，热烈燃烧不计后果。小柯庆幸的是，她最终如愿以偿和孙尚去了同一所大学，不幸的是，她怀孕了。

发现的时候已经三个月，小柯特意上网查过，三个月的胎儿已经有了手脚，他不再是一个单纯的受精卵，而是一个生命。

小柯偶有担心，但她想的更多的是如何做一个称职的妈妈。

孙尚摸着小柯的肚子，“小柯，他来得不是时候。”

小柯惊讶地看着孙尚，眼泪刷的一下涌出来。小柯不再掩藏她的眼泪，像个爱人那样在孙尚面前痛哭。

小柯去医院做手术的时候，孙尚迟迟没有出现，电话打不通、人也找不到，小柯无奈只能找我。她打电话给我，她说："林子，帮我个忙，给孩子做三十分钟的爸爸。"

三十分钟之后，孩子从小柯的身体里消失了，小柯也因为出血过量住院观察，在医院的病床上小柯拿出那本保留至今的带锁的日记本，最后一篇是一个名叫《蝌蚪的爱情》小短文，我不懂她说的是什么，等她说完又不知道该说些什么。

小柯说："林子，我可不可以不再爱他？"

小柯说："可是林子，我不会爱别人。"

小柯说："林子，爱一个人有罪吗？"

我说："没有，被爱的人才有罪。一开始他爱着你，后来不爱了。他有了新的选择，你没有。"

小柯说："那爱就是自作孽不可活了。"

我说："被爱的人作孽，不可活的却是你。"

小柯说："那爱是什么。"

我没来得及回答，小柯再次休克被推进手术室。因为重复刮宫，小柯失去了生育能力，她无法保留那个长出手脚的生命，从此也失去了孕育的能力。

我是小柯的朋友，小柯的舍友是个叫小满的女生，在还没有成为我的女友之前，小满成了我整个青春最疼痛的遗憾。

孩子没了之后孙尚终于出现，没有打骂没有争论，小柯甚至没有哭。她说：“孙尚，带我回去吧，我好累。”

三个月之后小柯时常打电话给我，

“林子，我们去喝酒吧。”

“林子，如果没有睡眠的话，那个人一定不完整。要么身体在跟她抗争，要么她在跟心事抗争。”小柯突然哭了，她说：“无论如何我知道最后输的一定是我。”

又过了一个月，小柯和孙尚一起出现，手牵着手走在校园里没有方向的小道上。有的人往北走，有的人往南走，有的人横穿小道往东西方向的树林里走，不管他们在往哪个方向走，对于行走的人来说他们都在往前走。

小柯不是，他只是在走，跟着孙尚的方向，不管东西南北，不管前进后退，她只能走，没有方向。

大三实习之前最后一次跟小柯吃饭，孙尚没有去，只有我跟小柯。

我们喝了很多酒。

小柯说："林子，爱一个人有罪吗？"

我说："没有，被爱的人才有罪。一开始他爱着你，后来不爱了。他有了新的选择，你没有。"

小柯说："那爱就是自作孽不可活了。"

我说："被爱的人作孽，不可活的却是你。"

小柯说："那爱是什么？"

我说："爱也许什么都不是，也许它只是一个路牌，过了这个路口你就走上了新的路，你就有了新的方向。"

小柯眼睛闪着光亮，不停地睁睁合合，睁不到最大也无法完全闭合，那是青春要哭的样子。

小柯突然痛哭，她说："林子，你救救我吧，你救救我吧。"

我只能安慰小柯，我抚摸她的肩膀让她身体的颤抖没有那么剧烈。我想，即便我抚摸着她的肩膀，小柯也一定不会减轻痛苦吧。

小柯突然站起来，一把推开我。她无助地走开，她回头对我说："林子，如果有来世我还会是一个蝌蚪，掉在泥潭里，躲在水底的草丛中，但大雨来了我一定会跟着水流去往新的地方。可是，林子，没有来世。我是一个不能进化成青蛙的蝌蚪，我有漂亮的尾巴，可我再也逃不出那片爱情的泥潭。”

“林子，你要幸福哦。”

那是小柯说的最后一句话，她一定很痛苦，痛到无话可说，痛到只能对分别的人说你要幸福。我无法理解掉进火堆里的人会安静地躺下，任凭烈火把自己点燃，也许那是我们不能理解的另一种爱情，它很凄婉却也有属于它自己的赞歌，它很任性却有着走不出去的坚持，它不能进化宁愿做一只不能变成青蛙的蝌蚪。

转眼间，大学生活已经成了一种回忆。

坐在沉默的人群中，想着纷繁的事情，突然想要回一趟老家看看门口的梧桐树长出了几片树叶，掉落了多少时节。

火车行驶到烟台的时候，突然不自觉地跟着人群下了车，又跟着人群坐上了去往那所大学的班车，又跟着人群走到了校园里，又跟着那些青春掉进了回忆里。

突然想到了小柯，顺手打电话给她。

我说："小柯，你过得好吗？"

接电话的人不是小柯，也不是孙尚，是小柯的妈妈，声音里带着浓重的悲伤味道，我突然像是感觉到了什么。

小柯的妈妈说："你是林子吧，小柯活着的时候经常提起你呢。你也是突然想起小柯这个朋友吧？我也是呢，突然想起我的女儿，她怎么就死了呢？"

我不知道怎么安慰小柯的妈妈，同样也不知道怎么安慰自己。

最后，我不知道是在小柯妈妈说到哪里的时候突然挂掉了电话。

等我逐渐清醒了之后，小柯妈妈的话也逐渐清晰起来。

她说："小柯啊，太拗！毕业之后，她本来打算跟那个叫孙尚的孩子结婚的，可她突然就检查出不能怀孕了。男方家的父母死活不同意。"

她说："小柯哭了好久，好像眼泪都哭干了还在哭。"

她说："小柯躺在床上，她一直问我，妈妈，爱到底是什么啊？"

她说："小柯突然就跑出去，恰巧就撞上了疾驰的车。林子，你说这是命吗？”

突然想起小柯的那篇短文《蝌蚪的爱情》：

她说：“你等等我吧，等我变成青蛙，你想去哪儿我们就去哪儿。”

它说：“我等不了了，我要去更大的池塘里。这里的水草怎么会有那里的丰美，这里的阳光怎么会有那里的明媚。”

她奋力地跳出水面，摇晃着身子爬向它的方向。

她爬啊爬，爬到看不到它的身影，爬到找不见回家的路。

她被太阳晒得干瘪，死在不能进化的爱情里。它跳进了更大的池塘，它的爱情才刚刚开始。

也许爱情有我们不能理解的另一种方式，它的过程很美，可结局很疼。她一直爱着、爱着，把全部的自己都交付出去，她逐渐成了另一个人的傀儡，可即便那样，她还是爱着的。她说：“你等等我，你等等我，等我变成青蛙，你想去哪儿我们就去哪儿。”

004
未来比将来更远

我爱你，可我的未来没有你。

将来很远，未来更远。你能陪我走这段路，看这些风景，挥霍这些青春，我觉得足够了。

有些人就是这样，明明一起往前走，可走着走着就分道扬镳老死不相往来，不是我不爱你了。只是……

何处不青春，走过就好。

高中的时候有一个叫彪子的朋友，性格耿直一脸刚毅，时常被人诟病却活得潇洒自然。彪子时常握着一杆破旧的钢笔，他说“枪杆子里出政权，笔杆子把梦圆”，那是彪子的武器，可以助他完成梦想。我一度以为彪子会成为白眉大侠那样的人物，背着碧月清风剑手提金丝大环刀浪迹江湖、流芳千古。

他总是说：

“将来我会有五百万。”

他总是说：

“将来我要买一大块地，种满菊花，然后穿一件黄金造的衣服在车顶上拿把大刀乱砍。”

我说：“彪子！”

他以为我在骂他，一拳打在我后背。

他说：“我不是彪，我没说未来会怎么怎么样，我说将来！未来比将来更远！你个彪子！”

此后他允许我叫他另一个名字，阿彪。

高二的时候，为了提升成绩让更多可能考不上大学的人考上大学，提高学校的升学率，整个高二年级大洗牌，所有人彻彻底底凌凌乱乱地重新排列组合，aabbccdd。简单地说就是成绩好的在尖子班，冲击一本；有希望的在加强班纪律严明惩罚苛刻，保住二本冲击一本；希望渺茫的则去普通班，吃喝玩乐爱咋咋地，但属于破了戒就要开除留级的，是体现学校纪律严明的一个代表班级。

我属于成绩好、态度差、破坏力强的那种，既不是 abcd 又不介于两者之间，老师们头疼了一整天不知道要把我放在哪里好，校长聪明，“放在加强班单独给他安排一个位置。”

这明显就是想软禁我。

旁边第二个单人桌坐的就是阿彪。阿彪成绩不好，还偏科。除了语文老师偶尔让他背诵几篇课文之外，阿彪在课堂上的点击率几乎为零。

阿彪本来应该在普通班随波逐流汇入大海的，可他自己跑到校长办公室说他要考大学而且要考北大，必须要把他分在加强班。

校长竟同意了。

从此之后总能听到阿彪手里的那杆破旧的钢笔哧啦哧啦划过纸面的声音，阿彪两眼放光，无奈钢笔时常坏掉，但阿彪不换新的，一是因为他穷买不起新的，二是因为阿彪觉得那是他的福笔，有某种灵性藏在里面。

我问阿彪“你不是说自己会中五百万吗？你不是要买一块地吗？怎么又想着去考大学了？”

阿彪说：“你懂个屁，知识就是力量，没有力量怎么搬得动五百万。”

瞬间惊醒，“敢情你那五百万不是天上掉馅饼掉下来的?”

阿彪眼神坚毅地看着我，亮出粗壮的肱二头肌，“有知识才有力量。”

高二下学期的时候，阿彪在我的印象中已经不再是武林中人，田伯光都算不上，成了彻彻底底的儒生。原本放光的眼睛现在只能放出眼泪来，因为用眼过度和不科学地用眼，阿彪得了眼疾，迎风流泪，谁看到他都觉得亲切，招呼还没打先哭一通。

至此，阿彪从一个背着剑握着刀的江湖侠客一路狂跌成了背着书包捧着教科书的秀才，心里顿觉失望，武侠小说的爱好险些放弃。

不过考大学也需要运气，考的都是你会的，很荣幸你能上本科；考的都是你不会的，很不幸你得重来。

前三次联考，阿彪都很不幸，连最有几率做对的选择题也与他对抗，险些失去留在加强班的资格。

高二期末考试的时候，我跟阿彪被分在了同一个考场，同样是单人单桌，阿彪的前面坐的是他邻村的一个姑娘，叫梅子，样子俊俏体型丰满，看了就想捏一把的那种。据说阿彪和梅子是青梅竹马的小伙伴，阿彪从小就养成了一个习惯，梅子在哪里遇到危险，他就出现在哪里拯救梅子。

放学的路上遇到坏人，阿彪骑着自行车撞破人家的胳膊。

春游的路上遇到蛇，阿彪拎起来三两下搞定扔在路边的小水沟里。

……

考试进行到一半的时候，阿彪开始坐立不安，因为他看到前面的梅子坐立不安。

阿彪无心做题，丢个纸条给我。

“梅子怎么了，这是?”

我丢纸条给他，“以我多年行走江湖的经验，这是痛经了。”

“那怎么办?”

“这种情况只能用痛经宝，你好我好大家好，你可以跟她说有你在暖流不侧漏。”

“滚!”

阿彪沉默了三分钟拍案而起，“我做完了!”

监考老师被吓得瞪着一双眼睛，“十分钟就做完了?”

阿彪言辞恳切，“我不会做!”

然后迅速冲出考场又迅速地带着一包痛经宝、一瓶特意加热了的矿泉水返回教室，径直走到了梅子面前，塞进她的课桌里。“吃了就好了，你安心考试。”

真是个彪子!

那场考试让阿彪成了全校的名人，不是因为他为梅子买痛经宝，而是因为阿彪在监考老师面前赤裸裸地说了四个字，“我不会做。”

不会做就没有分数，没有分数就不会考上大学，考不上大学还这么嚣张，简直就是目中无人!

于是，阿彪被请到校长室，任课老师、班主任加上校长轮番轰炸教育，打算最后给他一个校内警告。

彪子深知用学生那一套对付他们根本行不通，所以彪子瞬间改变策略，你们叫！试试能叫多响！权当听不见。

据说从头到尾彪子一直都在笑，没有笑声但那笑让人心惊肉跳、胆战心寒，彪子一直笑了四个小时直到他的期末成绩出来。

校长接过成绩单，惊呆了；班主任，傻眼了；任课老师，吓坏了。监考老师，后悔了。

彪子的成绩是这样的，数学：10；语文：115，其余科目全满分。

严重偏科。

最终校领导给彪子的处罚是这样的，留校察看。

阿彪英雄救美的事迹全校师生没有当回事，梅子却念念不忘。从此之后，阿彪再也没有买过早饭，他跟梅子说："我不喝豆浆、不吃肉包子。豆浆太稠养胃伤鼻子，肉包子打狗人不吃。"梅子看着阿彪一脸的惊讶，现在懂了，那是崇拜。

高考的前一天，梅子冲进我们教室放了一封信在阿彪面前，封面上写着"冬天会很冷"。

阿彪不解，全世界最热的考场冷个屁！

看了信的内容，阿彪恍然大悟，梅子想说的不是冬天会很冷，而是冬天的时候再冷也能有人陪。阿彪拍案而起，"这分明是在勾引我！"

我说："你不从了她，英雄救美不就浪费了？"

阿彪说："为了得到美女而救美，那还是英雄?！狗屁！"

阿彪提笔写道，"人生短暂，不爱也罢！"

信回过去没三分钟梅子就气势汹汹地赶来，她心里有个疑惑，阿彪不喜欢她为什么会冒着考试不及格的危险去给她买痛经宝，又是怎样的冲动让他把超市买的冰凉的矿泉水加了热？

梅子出现直勾勾地盯着阿彪：“你……”

阿彪一杆破旧的钢笔堵住梅子的嘴，“你什么都不用说了，咱俩不适合，我觉得你有点胖，跟我的身材差距太大，算了吧。”

阿彪真是个彪子，可他却是个有头脑的彪子，他知道一旦女人纠结起来得不到答案会誓死不休，他也知道只要一击击到痛处，得不到答案女人也会死心。

梅子哭得昏天暗地，可没有声音没有表情，只是眼泪刷刷地掉个没完，看得阿彪六神无主，钢笔几次从手里掉下去。

梅子不是寻常的女人，阿彪说她胖，她也能忍。

阿彪说：“你走吧，我不喜欢你。”转身做题，破旧的钢笔在纸上哧啦哧啦地画个不停。

梅子说：“阿彪，你太自卑了。你不信你自己以后能有什么成就，也不信我能跟着你吃苦。”

阿彪头也不回，眼泪却止不住砸在纸上，“我以后会有五百万！你走吧。”

梅子最后只说了一句话走了，她说：“阿彪，你会后悔的。”

我爱你，可我的未来没有你。

将来很远，未来更远。你能陪我走这段路，看这些风景，挥霍这些青春，我觉得足够了。有些人就是这样，明明一起往前走，可走着走着就分道扬镳老死不相往来，不是我不爱你了。只是……

何处不青春，走过就好。

后来，我跟阿彪考上了同一座城市里不同的大学，阿彪高考再次发威考上了不错的一本。梅子落榜留在了村里，没多久就结了婚。没过多久，年纪轻轻的梅子就生了孩子做起了家庭妇女，一辈子都被锁在了农村。据说她丈夫在梅子失落伤心的时候成功俘获芳心，怎么看都像是阿彪英雄救美给梅子买痛经宝的那一出。

受点刺激就自暴自弃，这样的女人阿彪不会要。这句话是我说的。

有次，阿彪喝醉打了一夜的电话，最后一个打给了我，声音颤颤、恍恍惚惚，他最后一句话说：“林子，我叫阿彪但我不是彪子，你们不懂，未来比将来更远。”

后来，阿彪真的有了五百万。大学毕业之后的三年，他用一年考上一本大学的创造力打拼出一家公司，年收益百万以上。

可他没有买一块地种满菊花，也没有穿一件黄金造的衣服在车顶上拿把大刀乱砍。他说那些臆想是“将来”额外赠送的，不属于他，他不要。

据说阿彪后来又回到农村，见到了梅子，梅子已经是三个孩子的母亲了，经历过两段有始有终的婚姻，后来干脆躲在娘家不再嫁人。

阿彪曾说，你等等我，等我花团锦簇，等我戎马凯旋，等我……

等那个时候，你还会爱我？

据说阿彪只是和梅子吃了顿饭，说了些不疼不痒的想念，道了些不清不楚的回忆，哭了哭无始无终的爱情。

阿彪没有带梅子离开农村，不是阿彪不愿带梅子走，是梅子不愿跟阿彪走。

梅子说：“阿彪，你还记得我以前说过的话？”

阿彪摇摇头，“那些还重要吗？”

梅子说：“我曾经说你太自卑了。你不信你自己以后能有什么成就，也不信我能跟着你吃苦。你什么都不信，当然也不信爱情。我还说，阿彪你会后悔的。”

阿彪摇摇头。

梅子说：“从那个时候开始，我就不再喜欢你了。阿彪，你真是个彪子。”

阿彪苦笑两声，转身就走。

有些事不是想通了就能回头，有些事不是得到了就算成功。青春是首没有曲谱的伴奏，不管你走到哪儿它都萦绕在身边，奏一曲激昂的交响乐，吹一曲忧伤的葫芦丝，鼓面上抖一些凌乱的雨点、琴弦上落一些剪不断的情丝。

谁能说谁是错的。

谁又能说谁是对的。

30 岁的时候，阿彪坐在办公室里给员工开会。他拍着桌子、横着眉毛、瞪着眼睛，他指着工作不积极的人说：“你们记住，我叫阿彪但我不是彪子，更不是傻子。你们不懂！未来比将来更远!”

突然间泪流满面。

第三辑

故事里的青春

青春一页一页地翻过去，攀过墙头、流过河畔，
原地伫立也只是抬头看了一眼天空。
总想着，该在哪里停靠一下，可书海里没有码头也没有尽头，
乘船的是你，开船的却是别人，不管你怎么挣扎，
到的都是别人的彼岸，赢的都是别人的人生。
我这样想，如果我们都是乘客，即便没有尽头即便无法停靠，
和你漂流一生可好？回头看你时也抬头看我可好？

001
老张

穷鬼跟穷鬼之间不会有太多共同语言，聊得都是些我比你穷的事情，比来比去横鼻子瞪眼，发现没啥可比的。

“比啥啊，都是穷鬼。”我说。

老张拎起一串羊肉丢进嘴里，“我比你们穷，你们还有青春。”

和老张认识完全是个意外，而且是个让人悔恨的意外。在学校外面的街上，老张扶着路边的栏杆走，背影看上去有 60

岁。我走到他旁边的时候，老张咣当一声倒在地上。

心里一紧，“要讹我！”

我立马应声倒在地上，捂着胸口到处打滚，滚到离老张最远的对角线处，站起来拍拍屁股就走。

我以为老张要讹我，老张以为我疯了。

没走多远就听背后老张在喊着什么。“都这么远了还想讹我。”当机立断，撒丫子跑了头也不回。心里咒骂着，“现在真是有许多人都没节操啊，穷人也要讹。”

后来我知道了，老张喊的是，“孩子，你钱包掉了。”

当天晚上就发现钱包丢了，人民币300元，对于大学生来说已经很多了。钱丢了还算小事，但身份证在里面，大学三年已经丢了四次身份证，每次托家里人补办身份证，智商和记忆力都要被攻击一次。

一想到每次的惨状，我就浑身一颤，最后还是决定去找找，就算找不到也算尽力了。

然后，我就看到坐在栏杆旁边的老张，手里拿着我的钱包。

顿时对眼前的“60后”的节操肃然起敬。

我说：“大爷，”凑近一看。“不，叔叔，”再凑近一看。

“不，大哥。您有没有看到一个钱包？”

老张抬头看了我一眼，不屑地摇摇头。

明明手里拿着的就是，装什么蒜。智取不行，只能用看家本领，装可怜。

“大哥，我是农村来的，进城读书不容易，钱丢了，我这日子就没法过了。”演戏太深入，眼泪差点出来，我佩服自己的演技。

老张把钱包丢在地上，“你们这些小年轻，脑子里都装些什么。”

拿到钱包我才敢说：“大哥，你顶多也就三十一二岁，至于在这里装‘60后’吗？”

老张说：“我比你大不了多少，我今年29，可我跟你不是一个等级，我是爹字辈的，你是儿字辈的。”

然后跟老张胡侃了些有的没的，老张觉得投缘，非要让我去他家做客。

我拗不过老张，看看手机，心想着大晚上的也没有什么事做，干脆去陌生人家坐坐。现在想想还有些后怕，如果老张是个人贩子，又或者是个孙二娘那样的角色……我有多单纯啊！

走到他家楼门口，老张说：“我们家闺女今年才3岁。”

我傻眼看着他说："哦。"心想着你闺女今年 3 岁关我什么事，难不成要童养夫？

老张认真地看了看我说："我们家闺女才 3 岁。"

我仔细一想，去超市里买了一箱牛奶，老张夸我懂事。

还是被讹了。

老张的女儿叫小信，那天刚满 3 岁，老张特地去外面定了一个生日蛋糕，碰到个嚣张的汽车被刮了腿，老张怕耽误时间就没跟人理论。扶着栏杆往前走时碰到了我，见他一瘸一拐，我就把他当成了骗子。后来老张捡了我的钱包，蛋糕做出来还需要点时间就干脆坐在那里等我。

道德高尚，智商不高，这边胡侃乱侃，没想到竟然忘了拿蛋糕。

老张要去拿，我说："我去吧，你腿脚不方便。"顺道在回来的时候又买了个一人高的毛绒玩具，300 元钱一分不剩。

老张是专业的，不用讹人就能讹到人。

为了女儿老张请了个保姆，既会洗衣做饭，又会教书认字，一分钱请了双职工，老张觉得值了。

吃过蛋糕，小信被保姆抱进了里屋睡着了。

我说："老张，你怎么会有这么漂亮的女儿，这不科学。"

老张说："所以你就知道孩子他妈有多漂亮了。"

我觉得不该问，但我还是问了，"孩子他妈呢？这么重要的时候不会出差了吧？"

老张笑了笑说："跟别人跑了。"

我说："难怪。"

老张气急败坏，"我这不是丑，是平凡。我丑吗？"

我说："丑。正面看着丑，背面看着更丑。从背面看你简直就不是人。"

老张哈哈大笑。

我也哈哈大笑。

从那以后老张隔三岔五就给我打电话，"哎，林子，小信睡着了，我们去吃烤串吧。"

"哎，林子，小信睡着了，我们去唱歌吧。"

"哎，林子，你们同学就没有个聚会啥的？小信睡着了，抓紧时间。"

小信怎么那么爱睡觉。

老张第一次参加我们的聚会就把我们带到了他家里，走到楼门口就叹气，"哎，孩子今年才刚刚 3 岁。"

我们说：“哦。”

老张很认真地看看我们，三根手指头直不棱登地指着我们，“孩子今年才刚 3 岁。”

然后我们跑到超市买各种各样的玩具、零食、儿童用品。

我说：“老张，我们一个月来一次，你连奶粉钱都省了。”

老张说：“你们都是孩子的干爹干妈，等你们死了她给你们烧纸钱。”

“呸！”

朋友里面有个文静的，叫小琳，像是天上掉下来的林妹妹。我们唱歌，她坐在角落里抱着饮料，托着脸看，有人唱歌她的眼睛呼扇呼扇地闪着，皮肤温润看上去能挤出水来。每次从 KTV 出来，十个有九个吐了，小琳也吐了，那九个是喝吐了，小琳是听吐了。

唯一不吐的就是老张，老张说：“等你们喝多了不吐了你们就长大了。”

后来才知道，老张所谓的长大的就是懂得应酬了。

我说：“小琳，你要不喜欢这里下次就不用来了。我们太乱了。”

小琳说：“没关系，你们乱了点，但你们很真实，我虽然不会那样闹，但我喜欢你们。”

老张端着酒杯大口大口喝着，指着小琳的鼻子大笑，“你还是小女孩吧。”

小琳羞得满脸通红，躲回角落里。

“你真是小女孩。”

玩过了头，我们就去老张家里睡觉。老张房子大，三室两厅，原本打算把其中的一间租出去，后来干脆留给我们用了。

我们喝醉了倒头就睡，眯着眼看小琳在房间里收拾收拾这里、打扫打扫那里，连地都拖得干干净净。

偶尔看到小琳坐在沙发上看电视，顺手从冰箱里拿出饮料、薯片，脱掉鞋躺在沙发上悠闲自得。

我问小琳，“你不会喜欢老张吧。”

小琳一脸害羞，“我表现得很明显?”

我说：“俨然已经家庭主妇了。”

小琳抬头看看天若有所思，“有吗?”

小琳生日那天，老张拉着我们开车去兜风，开着二手的捷达漫山遍野地狂奔，整个青春都在癫狂。

在郊区一个不知名的山上，我们安营扎寨，支起架子烤肉、烤串，还顺手从山下的农田里买了些地瓜、玉米，吃得好不自在。

小琳偶尔喝些饮料，就是不喝酒。

老张小酒微醺搂着小琳的肩膀，“你是寿星，寿星怎么能不喝酒呢？”说着就拿手里的酒往小琳嘴里灌，小琳拗不过老张，张嘴喝了两口。

我说：“小琳是寿星，你怎么还兽性大发了？”然后我也跑到小琳旁边灌她酒喝。

喝到凌晨两点钟，该吐的都吐了，该睡的都睡了。架子下面的火却没灭，小琳不断地往里加柴添火，右手还拎着一瓶白干。

我悄悄地走到小琳旁边坐下，靠着她的肩膀，“生日快乐哈。”然后喝掉了手里最后半瓶酒，倒头就睡着了。

隐约听到小琳在自言自语。

她说：“林子，谢谢你们。这是我过得最快乐的生日。”

然后她开始说老张，她说：“老张的孩子怎么能长得那么漂亮？这不科学。”

我醉醺醺地说：“那你就知道他的前妻有多漂亮了。”

小琳说：“女人光漂亮没有用，得会做饭过日子，这是每个女人都要经历的劫难，逃都逃不了。老张的前妻就是这样逃掉的吧，我敢说她迟早还要经历这些，她逃不了。不能总是做别人的前妻吧。”

我举着手里的空瓶子，“前妻万岁！”然后就真的睡着了。

第二天醒来的时候，老张不见了，捷达不见了，小琳也不见了。光秃秃的山顶上只剩下一堆喝醉了酒的人。

杨子突然站起来说：“一个男人、一个女人、一台二手的捷达，他们不会去过二人世界了吧?”

我们大呼爱情万岁，疾驰着跑下山去。

在山脚的一座亭子旁边，我们看到了那辆二手的捷达，老张在后座上躺着，睡得天昏地暗。小琳坐在车前的一块石头上哭得稀里哗啦。

杨辉看到小琳在哭当即不淡定了，冲进车里一阵拳打脚踢的把老张拖了出来。

老张被打蒙了，直叫，“英雄有话好好说，有话好好说。”

小琳却笑了，她迎着太阳抬起头，冲着老张笑了又笑，突然说，“老张你的命怎么那么苦呢?”

我们狂笑，乘着二手捷达冲下山去，老张跟在后面一直跑了二十公里。

我从车窗伸出头，看看后视镜里跑尽了青春还如此拼命的老张，扭头对开车的小琳说：“老张身体没问题，应该会长寿。”

小琳害羞地笑笑什么都没有说。

小信第四个生日的时候，我们悄悄地跑到海边买了她喜欢的巨型海螺、巨型海星，小信喜欢海里的东西却不吃海鲜。据说，老张的前妻喜欢收集海螺、海星，可那都是小信刚出生时的事。老张说：“是遗传，那个丑女人走到哪里都还是小信的娘，这一点我认。”

我说：“你不说小信他妈很漂亮？”

老张说：“她是长得漂亮，可人丑，男人都会嫌弃。我是长得丑，可我人不丑，总会有人喜欢。”

我说：“你说的是小琳吧？”

老张突然捂住我的嘴，“别开玩笑。小琳还小，在我面前就是个孩子，我是爹字辈的，她是儿字辈的。我也是有女儿的人？”

我们买了一大堆东西，估计能塞满一间屋子。可敲了老张的门很久都没人开，过了很久有人开门，是个长得极其漂亮的女人。我们一下就认出来，这是小信他妈，老张的前妻，那个长得漂亮人却丑的丑女人。

好好的一顿饭因为有丑人在场，吃得萧萧然。

小琳不再喝饮料，一直闷头喝酒。

老张什么也不说，谁搭话都是尴尬地笑笑。

老张的媳妇没好气地吃饭，不断地往小信碗里夹菜，小信看得莫名其妙。

老张突然一拍桌子站起来，“别看了，那是你娘！吃了这次就没下次了！”然后愤愤地推门出去。

小信哇地一声哭出来。我至今都觉得小信之所以会哭不是因为被老张的举动吓到，而是因为她突然有了妈，又即将没有了妈。

老张媳妇站起来去追老张，小琳坐在小信旁边，把老张媳妇夹过的菜挑出去，不停地给小信夹菜。她说：“小信别哭，以后我做你妈。”

老张媳妇这次回来是给小信过生日的，就像小琳说的那样，做饭过日子，这是每个女人都要经历的劫难，逃都逃不了。老张的前妻就是这样逃掉的吧，但她迟早还要经历这些，她逃不了。

老张媳妇跟新任的男友过了几天小日子，可生活一旦平静了，洗衣做饭过日子的生活再次把老张媳妇的脸洗成了素颜。老张媳妇觉得对不起老张，风风火火地赶回来。也许她觉得她这样漂亮的女人，老张是不会拒绝的。

可老张说："你走吧，我有女朋友了，她想做小信的妈。"

老张媳妇被泼了瓢凉水，可长得漂亮的人不会被泼凉水，向长得漂亮的人泼凉水是不正常的，所以当我们坐下吃饭的时候，老张媳妇的嘴撅得比碗还高。

杨辉低声说："什么世道，丑男还要抢！都不知道斜眼看看旁边的人？！"

我被惊出一身汗来。

小琳也被惊出一身汗来，喂小信吃饭的筷子停在半空，有一股摇摇欲坠的气势。

杨辉低头狂吃，大虾、啤酒、鸭子腿一齐往嘴里送，吃着吃着突然就停住了，含着一嘴的杂碎拍案而起。

他说："不玩了！不玩了！小琳我告诉你，我喜欢你！你别闹了行不行！"

小琳被惊着了，筷子掉在地上，小信觉得她的后妈也要抛弃她了，哇哇地哭个不停。

杨辉像个剑客那样转身要走，小琳突然淡定了，拿起另一双筷子往小信碗里夹菜，她说：“你别喜欢我了，我有闺女，她叫小信。”

小信哇的哭声一下就停了，眼泪还在打转，张着大嘴要吃小琳夹的菜。

杨辉的气呲的一声放得干干净净，“不玩了！”

一直等到晚上十一点老张才从外面出来，神情自然，那是疯过了喊过了才有的平静。小琳不看他，继续给小信喂饭。

过了一会，老张媳妇也回来了，什么都没说径直走到卧室，没听见稀里哗啦收拾东西的声音。

老张一直站在那里一动不动，眼睛盯着小琳和小信。

差不多十分钟之后，老张开口说话了，一字一句认认真真，他说：“林子，你们以后别来了。”

小琳不说话，继续喂饭。

老张加了点力气，又说：“林子，你们以后别来了。”

小琳还是不说话。

老张怒了，冲着小琳大喊：“你们走吧，以后别来了！”

小琳的眼泪刷的一下流了下来，可她依旧给小信喂饭，她说：“我不走，小信是我闺女，我不走。”

老张懵了，一屁股坐在地上痛哭起来。

老张人长得丑，哭起来更丑，从后面看简直不像人。可老张说，他长得丑，可人不丑，有的是人喜欢。

直到凌晨我跟小琳才不情愿地离开。小琳一要走，小信就哇哇地哭个不停，一直等到小信睡熟了我们才离开。

老张送我们到楼下。

他说："林子，你们以后别来了。"

小琳不说话，低着头走开。

我问小琳，"你怎么会喜欢老张？"

小琳突然笑了，"长得那么丑？"

我笑笑。

小林说；"林子，你不知道，老张长得丑，可他人不丑。每次你们喝醉了在他家倒头就睡，老张也喝醉了，可他会收拾完房间，给你们盖好被子才回去睡。不清醒的时候还做着理智的事情，他是个好男人，以后也许遇不到了。"

一个星期以后，老张的电话变成空号，他搬走了，去了哪儿，谁也不知道。在老女人和小嫩草之间，老张竟然选了老女人。从那时候我才真正知道，老张是个厚道人，他不讹人。

聚会的时候，小琳仍旧端一杯饮料，她坐在角落里，托着脸看，有人唱歌她的眼睛呼扇呼扇地闪着，皮肤温润，看上去能挤出水来。

我说："小琳，你唱首歌吧。"

小林说："我不唱，你们唱歌像是在哭，我怕我哭出来。哭出来人就不漂亮了，我不哭，我很快乐。"

大约过了一年，到了分道扬镳的日子。

老张突然打来电话，他说："林子，小信睡着了，我们去吃羊肉串吧。"

那天天很冷，可围着烤炉坐着越冷越觉得暖和。那天我们没喝酒，老张肝儿坏了，不能稀释酒精，连过去的沉渣子也稀释不了。

我说："老张，你跑哪儿去了，电话都打不通。"

老张说："躲着呗，躲着你们也躲我自己。"

我说："干嘛要躲着自己？"

老张说："小琳那样的女孩子谁会不喜欢，可我没法娶她，你们还年轻，冲动。"

我说："比我们先死的人都比我们老。"

老张笑笑。

我说："小琳可是很伤心，你就没觉得对不起她？"

老张笑笑，"我走了才是对得起她。你们不懂，我是穷人，人还长得丑。"

我说："你长得丑，可人不丑。"

我们大笑。

不知道吃到哪儿，老张突然说他是个穷鬼，可穷鬼明明是我，我跟他争论。

老张说："我比你穷，离过婚又复婚的人还剩多少感情？"

我说："我比你穷，全身上下三百个子儿。"

老张说："我比你穷，我的眼里就只剩下了小信。"

我说："我比你穷，我连婚都没结，想孩子都看不到。"

穷鬼跟穷鬼之间不会有太多共同语言，聊的都是些我比你穷的事情，比来比去横鼻子瞪眼，发现没啥可比的。

"比啥啊，都是穷鬼。"我说。

老张拎起一串羊肉丢进嘴里，"我比你们穷，你们还有青春。"

002
错翻一页青春

“青春一页一页地翻过去，攀过墙头、流过河畔，原地伫立也只是抬头看了一眼天空。总想着，该在哪里停靠一下，可书海里没有码头也没有尽头，乘船的是你，开船的却是别人，不管你怎么挣扎，到的都是别人的彼岸，赢的都是别人的人生。我这样想，如果我们都是乘客，即便没有尽头即便无法停靠，和你漂流一生可好？回头看你时也抬头看我可好？”

结婚那天她把空间里他的留言一一删掉，一条一条地仔细看过好多遍，想着那年那天的那个时刻，爱情在她的心里炸开了花，轰的一声把她填满。

可那些都是过去，过去再美也回不来了。

她看着面前的婚纱，爱着她的男人，心怎么就突然碎了起来，缝缝补补好容易凑了个完整又哗啦一下掉在地上。

她叫娜娜，高鼻梁、麦黄色的皮肤，翔子总觉得她有混血血统。

高中的时候娜娜喜欢和一群男孩子混在一起，吵啊闹啊地把每个无聊的时间都赛满了笑声。教室就那么大个地方，有人闹着别人就静不下来，没有人学习也没有人悲伤，闹腾把所有无关的东西都挤了出去。

林青在教室最前排坐着，戴着耳机，看着试卷乱笔生花，眼前掠过的全是10+10……一直加到150的分数，耳朵里掠过的全是abcd的凌乱组合。26个字母，150分的试卷，这是林青的青春。

翔子坐在最后一排，后面是一大块空地，娜娜和一群男孩子吵闹个不停。

笑声洋溢着，塞满了每个缝隙，仿佛教室都要塌掉。

一天，翔子突然忍受不了这种吵闹了。

他突然站起来把杯子摔在后面的黑板报上，“轰”的一声，像是炸弹炸掉。

丢炸弹的人无意伤害谁，只是人群中有个身影不是他想象中的样子。

翔子指着娜娜的鼻尖，身体颤抖，话从嘴巴里突突地挤出来，连自己想什么都弄不清楚，翔子指着娜娜说：“你就那么喜欢大笑吗！”

娜娜什么都没说，安静地站了一会，悄无声息地返回自己的座位上。

至此，娜娜再也没有那样闹过了，但她还是快乐的，可她把快乐保持在不会让翔子失控的程度。

翔子的同桌说：“你喜欢她吧。”

翔子拍案而起：“我怎么会喜欢一个总大笑的人！”所有人都听到了，一大片人鸦雀无声，几个人低头窃语，“哪来的总大笑的人？”“翔子在说娜娜？”“关他什么事？”……最前排的林青一路狂奔过来，一脚踢在翔子的胸口，两个人扭打在一起。

娜娜低头看书，就当什么都没有发生，过了一会，她拿着书走到翔子和林青面前。

娜娜说：“你们两个有意思吗？”

翔子说：“男人打架女人少插嘴！”

林青松了手站在娜娜面前，翔子躺在地上继续挣扎，“干！关你屁事！”

娜娜用力把书丢在翔子胸口上，“翔子，你混蛋！”

娜娜用力把书丢在翔子脸上的时候，眼泪也忍不住跑出来。书砸在翔子的胸口，翔子没觉得疼，眼泪砸在翔子脸上，却突然顶不住那些沉重。

翔子坐回座位，把那本书塞进书桌。

翔子的同桌说：“翔子，你喜欢娜娜吧？”

翔子咒骂：“滚蛋！”

同桌说：“翔子，你有点过分了。”

翔子恶狠狠地说：“关你屁事！”

同桌说：“就是啊，娜娜跟别人闹腾，关你屁事啊？”

翔子无话可说。

从此，娜娜再也没有在教室后面的空地上和一群男孩子混在一起嘻嘻闹闹，课间休息再也听不到她的笑声。高三的时候，每个人都在为高考努力，没有闲暇的时光交给快乐，所以没有人想起娜娜，除了翔子。

翔子在日记中写："对不起！"认认真真地写了一整页又撕掉重写。

转眼间高考结束，所有人的笑声留在高三（5）班，空荡荡的。翔子离开的时候，所有人都走光了，翔子对着空荡荡的教室大喊："对不起！"

有什么用呢，没人会原谅他。

翔子考上了不错的大学，娜娜也考上了师范学院，至于林青，一向成绩优异的他考上了重点本科。据说接到录取通知书的那天，林青就给娜娜打了电话。

林青说："娜娜，我们在一起吧。"

娜娜说："可我们不在同一所大学。"

林青说："我愿意等。"

娜娜什么也没有说，停顿了好久，挂掉了电话。

直到青春散场，翔子的那句"对不起"都没有说出口。

大学入学的前一个星期，翔子找到了林青，在他们镇上的饭馆里喝了很多酒，聊了很多已经过去的高三（5）班。他们说爱打人的语文老师终于不会再见了；他们说从此以后再也不用担心班主任兼物理老师会突然出现在后门外偷窥他们在做什么；他们说夏天的时候最喜欢棉布的衣服，浇了汗上去连毛孔都看得清楚。

喝到不能再喝，翔子突然说："林青，我们出去打一架吧。"

林青突然一惊，又好像瞬间明白了什么，"好啊，痛痛快快地打一架。"

两个喝醉了酒的人在人烟稀少的小镇街道上拳脚相向，像是卡带的电影，拳头慢了些、腿脚僵硬了些，但力道还在，因为表情还在。翔子出拳过来，林青突然收回拳头，站在原地任凭翔子的拳头打在他的下颏。虽然有一些眩晕感，权当是酒精的作用。

"好！够爷们儿！"翔子大喊一声站在原地不动。

换林青出手。

两个人就这么你一拳我一脚地打着，远远看去不像是两个人在打架，反倒像是喝醉酒了的兄弟在相互叮嘱着什么。

也许翔子想着：

再也见不到了，你得记着我。

也许林青想着：

嘿，哥们儿，有时间记得想起我，哪怕再打一架。

打到两个人都没有力气站起来，厮打变得可笑起来。相互的进攻完全变成了你扯扯我衣服、我揪揪你头发的娱乐方式。

翔子说："林青，你要好好对娜娜，她是个好女人！"

林青哈哈大笑，像是突然装满了油的拖拉机，哼哧哼哧地站起来，呼啦呼啦地跑过去，哐哧哐哧地打在翔子的身上，算是为当年的娜娜报仇，也算是了了翔子的一桩罪过。

拳头留在半空，打下去却只剩下了影子。转眼间翔子已经进了大学。

莫名其妙地过着无拘无束的生活，翔子的大学生活也过得莫名其妙。突然蹦出几个人成了他的朋友；突然在街边的小店里喝得大醉，打电话却找不到她的号码；突然纠结了一伙人去海边吹着海风喝冰镇的啤酒……

大二的时候，翔子在他的行李箱里找到了那本书，那天娜娜用力砸在他胸口的那本书。

一本再普通不过的高考复习资料，可打开之后里面却并不平凡。

扉页上写着："即便靠你这么近，你也不会回头看我？"

翔子心里一惊，怎么会有眼泪流出来？

"青春一页一页地翻过去，攀过墙头、流过河畔，原地伫立也只是抬头看了一眼天空。总想着，该在哪里停靠一下，可书海里没有码头也没有尽头，乘船的是你，开船的却是别人，不管你怎么挣扎，到的都是别人的彼岸，赢的都是别人的人生。我这样想，如果我们都是乘客，即便没有尽头即便无法停靠，和你漂流一生可好？回头看你时也抬头看我可好？"

在这本再普通不过的复习资料里，随处可见翔子的名字，有的用黑色的碳素笔写得规规矩矩，有的用彩色的画笔描得歪歪扭扭，最后一页是一张翔子的画像，虽然画得潦草了一点，可所有的特征都在，鼻子旁边的痣，嘴角的严肃，额头上的伤疤……

有时候幡然醒悟才是最让人心疼，你知道了真相，可眼前的真相却把你曾经认为的真相一个一个撕扯得粉碎。翔子曾经以为娜娜是轻浮的，跟一群男孩子整天混在一起；翔子曾经以为他不喜欢娜娜，因为她是个过于爱笑的人。可真相是，娜娜整日在他身后的空地上与一群男孩子玩耍，为的是能靠他更近一点。也许某个时候，娜娜突然地笑着瞥一眼翔子，那笑声才更洪亮，那快乐才更强烈……

翔子想着，再回去一点吧，哪怕只有一点。不求你能再靠近我一点，只求你回头瞥向我的时候能被我发现，让我看到真相。

可一切都回不去了。

时间缓慢地流失，那些疼痛也一点点从翔子的记忆里淡出，翔子没什么可担心的，林青会一直对她好。

大二的时候林青突然给翔子打电话，他和娜娜分手了。

翔子没问原因，当即去买到北京的火车票，因为正赶上春运高峰，翔子借了别人的二手摩托车一路开着去了北京。因为没有导航又不能走高速，翔子在烟台绕了好几个圈子，摩托车一路颠簸烧坏了机箱、撞坏了轮胎，最后抢了宿舍哥们儿回家的票，扔给他两千块钱让他自己想办法。

翔子推门出去，没多久又返了回来，夺过舍友手里的两千块钱，把票还给了舍友。

翔子坐在书桌前闷闷地抽烟，陡然变得快乐起来。

在这段无始无终的短暂旅途中，翔子突然弄明白了一些东西。

最关键的不是乘火车还是坐汽车甚至是开着二手摩托车，最关键的是目的地在哪。对于翔子来说，林青不是他的目的地，娜娜才是！

“这是好事！”翔子想着给林青打了电话，问了娜娜的地址和联系方式。

然后从淘宝上买了一千块的大蛋糕邮到娜娜的学校，上面写着：“分手快乐，翔子。”

在快递发出去的同时，翔子再次骑着二手摩托车踏上了去江苏的旅途，这次他查好了路线，做了最详细的标注和准备，摩托车一路狂奔，留下烟雾无数，除了在加油站加了几次油之外，翔子一路都没有休息，像是打了鸡血般一点疲惫都没有。

到了江苏境内，翔子拿出手机打电话给娜娜。

翔子说：“礼物收到了？”

娜娜顿了很久，“收到了，没听说过还有人送分手礼物的。”

翔子说：“分手的又不是我，该庆幸的时候就得铆足了劲儿庆幸。”

娜娜笑了笑。

翔子说：“娜娜，我们在一起吧。”

娜娜说：“可我们不在同一所大学。”

翔子说：“我愿意等。”

娜娜沉默了一会。

翔子说：“明天是你生日。”

“你怎么知道的?”

“你的数学辅导书上写着呢，翔子的生日是 1 月 5 日，娜娜的生日是 1 月 10 日，只差五天而已。”

娜娜突然哭了，“你竟然还留着?”

翔子说：“我们打个赌。”

“什么赌?”

翔子说：“现在离你生日还有三个小时，如果我能在三个小时赶到你们学校，我们就在一起，如果我赶不到，就等我们毕业了再在一起。”

娜娜说：“从烟台到苏州坐飞机三个小时也赶不到，况且从你们学校到烟台机场也要两三个小时。”

翔子大笑，“你怎么知道的？”

两个半小时之后，翔子出现在娜娜的学校门口，看到一直等在那儿的娜娜抱着硕大的蛋糕，上面的“分手快乐”已经变成了“生日快乐”。

翔子跳下摩托车，头发被风吹得非常凌乱，像一个战士。

没等娜娜开口，翔子飞奔到她面前立定站住，翔子说：“对不起！”

娜娜说：“为什么要说对不起？”

翔子说：“这是对以前的你说的，现在我要抱你。”

娜娜瞬间热泪盈眶，“可我抱着蛋糕……”

“我不管！”翔子一把抱住娜娜把她和蛋糕一块举在空中。

那天翔子和娜娜在她学校附近的饭店里聊了很多，过去的事情，现在的事情，总之想到什么就聊什么，不管聊什么都是温暖的。

翔子问：“你怎么跟林青分手了？”

娜娜吃块蛋糕：“分手？我们就没有在一起过，怎么算是分手？”

翔子气急败坏："鳖孙，竟然骗我！"

娜娜笑笑继续吃蛋糕。

之后的半年里，每个月在烟台飞往江苏的飞机上都会有娜娜或者翔子的身影，他们每个月都要见一次，住在同一个宾馆的两张床上。有时候娜娜半夜跑到翔子的床上，只许翔子抱她。

第二年的 1 月 5 日，娜娜没有告诉翔子偷偷飞到烟台，在他学校附近的宾馆里租了一间豪华的房间，买了一瓶红酒，订了一个巨大的蛋糕，还特意穿了从未穿过的晚礼服。

下午，娜娜发短信给翔子，"月亮湾酒店 2110 房间。"

十分钟后翔子就到了，一脸的吃惊，看到穿着一身晚礼服的娜娜翔子再也控制不住自己。

最后时刻，娜娜一把推开了翔子，她说："第一次要留在结婚的时候，留给最后守护在身边的那个人。"

翔子没有强求娜娜，他觉得娜娜是个好女人，这个时代少有的好女人。

娜娜在翔子学校附近的酒店一直住了三天，翔子带她见了他所有的朋友，在沙滩上吃了烧烤，看了露天的二人转表演。

从一个人群中挤进另一个人群中，这是他们牵着手炫耀爱情的方式。

娜娜走后的第三天，林青突然出现，一脸的惊慌失措。

翔子带他去喝酒，“酒壮怂人胆，你个怂人。”翔子哈哈笑着。

两杯白酒下肚，林青的嘴巴终于被撬开，所有的故事一股脑儿地倒了出来。

林青说：“我后悔了，我不能跟娜娜分手。”

翔子一拳打过去，林青没有躲。他说，“娜娜说过，她的第一次会留给最后守护在身边的那个人……那个人就是我。”

翔子眼前一黑一白，一黑一白，直到黑白颠倒，摔门走了。

十分钟之后翔子又重新回来，他说：“林青，我们打一架!”

同样的方式，同样的拳脚相向，不一样的是，翔子满脑子都是恼火，林青满脑子都是悔意。翔子没了分寸出手很重，打断了林青的一根手指，拿着啤酒瓶子砸向林青脑袋的时候突然停住……

翔子说：“你给我滚!”一瓶子砸在自己脑袋上。

林青受了伤但没有报警，自己跑到医务室里包扎了伤口就直接返回了北京，临走前丢下一句话“翔子，咱们做不了兄弟，也不做仇人，娜娜我不要了！”

翔子骂他娘，“狗日的，感情是你让出来的？”

之后很长一段时间翔子没跟娜娜联系，打电话也不接、信息也不回，娜娜从江苏飞到烟台看他，连翔子的人影都没找到。娜娜找到翔子的朋友，他们都说翔子死了，心死了，人也活不了多久。

娜娜像是知道了什么，留了封信就风尘仆仆地离开了烟台，她说：“等翔子回来告诉他，我爱过他，可以后不会爱了，他不信我。”

娜娜留的信，翔子一直没有看，留在皮箱的角落里到处拉着走。去过北京找过林青，也去过江苏偷偷看过娜娜，他心里放不下娜娜，可他更说服不了自己，他想着无论如何娜娜都不该骗他。

结婚那天她把空间里他的留言一一删掉，一条一条地仔细看过好多遍，想着那年那天的那个时刻，爱情在她的心里炸开了花，轰地一声把她填满。

可那些都是过去，过去再美也回不来了。

她看着面前的婚纱，爱着她的男人，心怎么就突然碎了起来，缝缝补补好容易凑了个完整又哗啦一下掉在地上。

娜娜结婚，翔子突然打来电话。

他说：“对不起。”

娜娜说：“为什么要说对不起？”

翔子说：“这是对以前的你说的，现在……”翔子想说现在我想抱你，可他没有任何理由在这里胡闹。

娜娜突然哭了。

翔子说：“我们打个赌。”

娜娜说：“什么赌？”

翔子说：“如果我十分钟内赶到你的婚礼现场，你就原谅我，如果我赶不到，就等我赶到之后再原谅我。”

娜娜抽搐着说：“翔子，我不怪你。”

然后翔子从人群中站起来，手里举着酒杯嘴里喊着：“新婚幸福！新婚幸福！”然后所有人都举着手中的酒杯嘴里喊着：“新婚幸福！新婚幸福！”

突然有个人站在翔子身边，凑到他的耳边说：“翔子，你还喜欢她吧？”

翔子没好气地回答，“关你屁事！”

那人说：“就是啊，人家结婚幸不幸福关你屁事啊？”

翔子突然无言以对。

那个人就是翔子高中时候的同桌。

我们很渺小，像蚂蚁那样，山盟海誓的重量总是承受不了，所以我们不说伟大的情感，我们只说我还爱着你。爱着就爱着，反正她还在你还在，你们有那么多过去的时光可以在一起，未来有没有谁还那么重要?

翔子突然笑了，笑得很开心，他拿出那封一直留在身边的信，放在桌子上被拥挤的人群挤在地上，无数只脚把它踩得粉碎。

那封信翔子一直没有打开。

003
她说

青春攀过墙壁抖掉了壁虎的尾巴，染黄了蔷薇的枝蔓，偷走了麻雀的蛋蛋，它看着你，把那些曾经一片片地抖落。

多少年以后看到空间的一句对白。

深夜无话可说，睡不着所以随便说。

我说：“夜夜夜夜”。

肖瑶说：“你也不必牵强再说爱我，反正我的灵魂已片片掉落，慢慢地拼凑慢慢地拼凑，拼凑成一个完全不属于真正的我。”

我说：“只有你懂我！”

我一直以为那只是一句歌词。

一直以来肖瑶都是我身边性格最汉子的女人，偶尔小女人的一面爆发，照样让身边的男人排山倒海、血脉贲张。在我的印象中，肖瑶就是那个样子，淡蓝色的薄纱衬衫，沙宣短发，双手永远插在裤兜里，白色的牛仔裤永远没有褶皱，永远不穿袜子，永远不系鞋带。风吹过去刘海总是整齐地飞起，又整齐地落下。

毕业的时候我曾这样评论过肖瑶，“你的胸还能再平一点?”

在所有人眼中，肖瑶就是一个永远不会说对不起，永远不会认输的人。

我是所有人的其中之一。

大学的时候认识肖瑶是因为我们在同一个社团，又来自同一个高中，索性靠着这么个共同点黏在一起。我想你是吃货，就逃不过美食的诱惑；我想你是流氓，就逃不出色狼的小窝；我想你是高冷，也抵御不住娇艳的花朵。

可肖瑶既不是吃货也不是高冷，更不是流氓，肖瑶是个歌迷，喜欢 JJ（林俊杰）到变态的地步。有时候肩并肩走在去海边的路上，阳光娇艳美女成群，可突然就飘出一首《她说》。不管那人是谁，不管那人要去哪，不管肖瑶已经答应陪我去海边，她都义无反顾地跟着那个人，一直等到那首歌完完整整的播放完毕。

我说："如果我手机里下满了JJ的歌，一路走进坟墓，你是不是也会跟进去？"

肖瑶若有所思，两眼飘忽又陡然坚定不移："视死忽如归！坟墓里见。"

对于我们这种抱着解放思想扎实苦干心态走进大学校门的人来说，大学慵懒得就像，就像林子，即便狂风怒吼也只是招招手晃晃腰，什么都不多想又什么都不顾及，所以爱意飘洒荡漾，伤痛伺机而动。

我不玩网游，不聊网友，不半夜开房早上再见，一次冲动见面还是路人。可我喜欢去网吧，单机扫雷一玩一整天，丝毫不觉得枯燥，肖瑶时常揪着我的肱二头肌说，林子是个枯燥的人，我不懂她为什么这样说，所以我拉她一块通宵，一块枯燥。

枯木成林也是一种风景。

肖瑶什么也不做，开机、收菜、看泡沫剧、听JJ的歌，然后看我玩扫雷，发一夜的呆。

早上醒来精力耗尽，肖瑶不见了，再一睁眼，包子、豆浆、油条、咸菜摆了一桌，丰盛得连胃都抽搐起来。

旁边的陌生男一脸羡慕，“人生得此女友，呜呼哀哉。”前半句是描述，后半句是抒发情感，我能听懂。

我不搭理他，把面前的食物丢进胃里，先让胃复活，然后整个人就能复活。

“唉，交个朋友吧。”

三两句竟然发现我们是隔壁班的系友，直线距离不超过十米，干脆捡个朋友。

“唉，朋友应该共享早餐吧？”还没来得及回答，两个包子就进了他的嘴里，能看到喉结被撑得快要破开，然后咕咚一声肉包子掉进胃里瞬间不见了。这货哪是人，这货是粉碎机。

他叫柳春，柳树发芽春季盎然，我不觉得是这个意思，柳是寻花问柳的柳，春是到处发春的春。

柳春问我为什么要这样侮辱他。

我说：“你吃了我的包子就是我的人，我就要这样侮辱你。”没想到我纯洁的内心里竟然有如此阴暗的一面。

过了一会儿，柳春突然说：“我吃的是她的包子，那我应该是她的人呢。”

还没等我有什么动静，肖瑶手里的豆浆就泼在了柳春脸上，盎然春意柳树发芽原来是这个样子的。

肖瑶去超市买东西，柳春才敢爆发，“你女朋友平时都这么大脾气的？”

我说：“她不是我女朋友。”继续扫雷。

柳春愣了一会，唰的一声站起来：“这是好事啊！”转身就走，直奔超市。

回来的时候柳春脸上又多了一杯豆浆。

回去的路上肖瑶突然站住，手里已经喝光的豆浆杯还在握着，摇啊摇的。

肖瑶突然说：“林子，你都不吃早饭的？”

我说：“懒得去买，懒得去吃，懒得要死。”

肖瑶说：“林子，我是陪你吃过早饭的人。”

这是什么意思，吃过你的饭就是你的人，这招刚刚用过，能不能有点创意？我是林子，再大的风也只是招招手晃晃腰，什么都不去想又什么都不顾及。

我说：“别闹，我还你包子。”

没有经历什么风浪，所以我们还是我们，可以半夜翻墙去网吧通宵，可以大冬天去海边喝啤酒，可以毫无顾忌趴在你肩膀上呼呼大睡，可以随随便便地说："你顶着点，爷先睡会儿"……我们就是这样，全身都浸泡在幸福的大水缸里还在叫嚣着寻找幸福，全身被淤泥沾满越陷越深，却嬉笑着我愿意。

这是青春必经的课题，在幸福里寻找幸福，在苦难中说我愿意。

肖瑶高傲得从不低头，从不道歉，可她每天都会买豆浆、包子喂饱林子。可我的胃像一口缸那么大，再好的食物吃到撑不下去，那些温度才能靠近心脏，征服全身。

肖瑶时常提着早饭站在男生宿舍楼下，我想她是条汉子，没人会在意她。

我想干脆再睡一会，太累了，累得人睡觉的欲望大于吃饭的欲望。

直到我下楼，肖瑶还在那里站着，仍旧是一副永不低头的架势。

肖瑶说："你能不能再慢点！饿死你。"早饭丢进我怀里，她转身就走，半个小时之后包子还有温热，突然觉得那是一种体温，突然有一种想冲上去牵她手强吻她的冲动，突然意识到强风刮过的树林它们为什么只是招招手晃晃腰，它们在喊，"你等等我，让我把树根拔起来，去你想去的地方。"

突然看到肖瑶挽着另一个男人的胳膊从我面前经过。

突然被什么东西堵住了胸口，突然嘴里的食物再也没有了香气，突然手里豆浆的温热传遍全身，突然泪流满面却哭不出声音。

另一个男人就是柳春，那个等到柳树发芽春季盎然的春男子。

也许从未有一个人像你守望着谁那样守望着你，也许当你懂了你的高傲只是爱情最卑微的尘土，当你终于看到了柳树一样的男人从土里拔出树根，你一定知道那种疼有多疼，你一定知道了那种等待有多辛苦……

2011 年毕业的最后一个晚上，我们在一起喝酒，把所有能说的不能说的，想说没有说完的话全都塞回肚子里，我们只说：“要记得我”，“不要忘了我”，“要幸福”，“要快乐”。

肖瑶说：“天大地大，任肖瑶。”

我说：“别飞得太远，别跑得太累，别哭得太狠，别……干杯！”

从没在酒桌上趴下的肖瑶没多久就趴下了，头埋在胳膊里什么都不被看见。

我跟柳春继续喝，继续聊，喝到不知道在聊什么，喝到莫名其妙地扭打在一起，喝到即便动手也还举着杯子畅快喝酒……

柳春说："林子，你错过了。"

我说："你才错过了。"

柳春继续说："林子，你真错过了。"

我拿起酒瓶摔在地上，指着地上的玻璃碴："怎么能碎成这样？"我推着肖瑶的肩膀让她起来，我说："肖瑶你看，怎么能碎成这样？"然后就不知道自己哭成了什么样。

隐约记得我抱着肖瑶的肩膀，隐约记得我亲了她的额头，隐约记得她的眼泪沾湿睫毛花了妆容，隐约记得嘴里有她的眼泪的苦涩的味道……

隐约记得肖瑶的鞋带是系着的，原来肖瑶不系鞋带是为了等那个可以帮他系上鞋带的人，那个人不是我。

肖瑶是幸福的，我该高兴的，不是吗？

2013 年肖瑶和柳春的婚礼，正赶上我在澳大利亚看袋鼠狂奔碾压一切花草，没有什么可以送给他们的，寄了一张 JJ 的专辑《她说》，发了一条短信"混蛋，要幸福。"

后来我也成了JJ的粉丝，我听JJ的《她说》，终于知道为什么题目是她而歌词却是他，他们都在说，说静悄悄的来过，说慢慢带走沉默，说最后的承诺没有带走寂寞，说独秀太折磨，说无所谓，说你是我的寄托。

他静悄悄地来过

他慢慢带走沉默

只是最后的承诺

还是没有带走了寂寞

我们爱的没有错

只是美丽的独秀太折磨

她说无所谓

只要能在夜里翻来覆去的时候有寄托

……

等不到天黑 不敢凋谢的花蕾

绿叶在跟随 放开刺痛的滋味

今后不再怕天明 我想只是害怕清醒

不怕天明 我想只是害怕清醒

青春攀过墙壁抖掉了壁虎的尾巴，染黄了蔷薇的枝蔓，偷走了麻雀的蛋蛋，它看着你，把那些曾经一片片地抖落。

多少年以后看到空间的一句对白。

深夜无话可说，睡不着所以随便说。

我说：“夜夜夜夜”。

肖瑶说：“你也不必牵强再说爱我，反正我的灵魂已片片掉落，慢慢地拼凑慢慢地拼凑，拼凑成一个完全不属于真正的我。”

我说：“只有你懂我！”

我一直以为那只是一句歌词。

004

幸福的路上

幸福的路上走走停停七扭八拐，你得用微笑铺满花瓣，你得用眼泪把过去吹干。总有谁离开了谁又遇到了谁，总有谁抛弃了谁又想念着谁，幸福就是一个团团，眼泪和微笑混在一起，时间过去，你只能头也不回地走远。

陈思和李念本来就是绝配，陈思念李、李思念陈，顺着逆着都通。

大一的时候两个人走在了一起，终于把思和念组成了词语。

把字组成词，把词连成句，把句子写成文章，把文章堆满文字，这就是陈思的爱情观。可句子总有不通的，文章也总有难懂的。

大二下学期，三个人约好一起回家，在火车站等着迟迟未来的李念，一直等到我们放弃原则偷吃完了整只烤鸭。

陈思吃得满嘴流油，拿我的衣服当抹布，还无耻地冲我笑。

我说："厄运会降临在恶人的身上。"

然后李念突然给陈思发短信："不走了，不走了，分手吧。"

一晃时间就过去，你曾站在街口等待的人牵了别人的手，曾在巷尾亲吻你的人成了别人的夫，时间是个无耻的混蛋，带走一切不留想念。时间总是漫步，溜达溜达就走了很远。

去年的时候，陈思来到上海，本打算去喝酒，陈思执意要去喝茶，跟李念约好下午六点去酒吧碰头。

五年之后再次看到李念，他正坐在他家楼下花园的长椅上，烟头扔了一地，眉毛皱在一起。

李念正和妻子闹离婚，妻子和岳母就在楼上，过会儿要商议财产分割的问题。可笑的是，李念出门的时候钱包和车钥匙被妻子收走，身无分文只能在这里等我们去。

陈思摸着李念的头，“你怎么混成这样?”

李念低着头什么都不肯说。

我们一起上楼，发现房间门已经换了锁怎么都打不开，原来岳母出场是为了霸占财产。李念的火腾一下冒出来，站在门口破口大骂，可骂着骂着就坐在地上痛哭起来，一直说着：“是我的错，是我的错。”

直到晚上喝酒我们才知道，李念婚后不久阴差阳错地跟同事滚了床单，还怀了孕，那女同事也不是个善茬儿，见李念开着奔驰就不依不饶的，使尽各种手段，最后直接给李念的妻子发短信，说怀了李念的孩子。

事情就这么闹开，岳母从千里之外的广东风风火火地赶来，进门就是一顿拳打脚踢，李念站不住脚只能躲在卧室里。

李念的妻子也不是省油灯，从这件事情之后，什么窃听、盗号，甚至还雇了私家侦探调查李念。有时李念半夜起床喝水，就看到妻子披散着头发站在床边，直勾勾地盯着他。

顿时觉得毛骨悚然。

一直喝到晚上十一点，没心情的人一沾酒就醉，李念喝得不省人事。妻子突然打电话过来，声音很洪亮也很颤抖，大声喊着：“李念，我们离婚，家里的财产除了市中心的那套大房子，剩下的都要留给我，你欠我的！”

陈思不知道什么时候也喝醉了，气势丝毫不比李念的妻子弱，拎起酒瓶就砸在了李念的头上：“如果是我，非一把火把你所有的房子都烧光了不可！还要把市中心的房子留给你，李念你混蛋！”

李念离婚，陈思比李念还激动。

陈思一直喝，喝到嘴巴再也藏不住秘密。

她说：“李念，你个混蛋，为什么总是伤害爱你的人。”

她说：“李念，非要等到不能挽回的时候，才知道谁是对的人，你就是个混蛋。”

她说：“李念，你个混蛋！”

……

陈思一直骂，突然觉得她不是代替李念的妻子在教训他，突然看到曾经那个在火车站候车厅里看到李念发来短信，惊愕地看着天空的陈思。

她一定想着什么，或者有很多话要说，有很多问题要问，可那些话堆在一起又跟问题缠绕在一起，她挑不出哪个是现在该问的。

所以她回复：“再见。”

我们常说不要在同一个地方跌倒，那是走在成功的路上，可在幸福的路上我们却忘记了这样的警醒，曾经错过最爱的人又一直错过，曾经伤害最不该伤害的人又一直伤害，曾经犯了错又一直犯错……

2014 年 8 月 14 日，李念和妻子离婚，之所以记得这么清楚，是因为那一天是李念的 29 岁生日，早上我们在民政局见证一个家庭的破碎，晚上我们在酒吧里喝到天亮，为李念庆生。

李念一直握着失效的结婚证，离婚证早就不知道丢在了哪里。

民政局门口李念的妻子闹得很凶，像个泼妇一样地破口大骂，还动手打人，反倒是一向暴虐的丈母娘没了气焰，在一旁偷偷地抹泪。

李念的妻子一直骂，骂到没有力气蹲在地上放声痛哭起来。

李念站在旁边哭个不停，有些东西不是你伸手就能挽留，有些失去想要挽留却已经无法伸手。

李念妻子说："从现在开始，除了一栋房子你一无所有了。"

我想，"而你也早已经一无所有了吧，你的世界呢？你的爱呢？你呢？它们都去哪了？"

李念知道妻子一定会把他所有的东西带走，剩个空空的房子给他，她一定头也不回地走开此生不见。

分开的时候，李念的妻子把他们买的第一个 LV 皮箱还给李念，拉上去很轻，里面的东西都被丢掉了吧，李念这样想着。

晚上十一点的时候我们在酒吧里喝酒，李念喝了很多，比很多还多，可他没醉。

"不是说心情不好喝酒容易醉的？这不科学。"李念自问自答。

"滚，这才是科学。没心没肺的人怎么会醉。"

一头栽倒在桌上。

十一点五十九分，李念突然像个受惊的猎狗一样蹿起来，突然狂奔到角落里把那个打算过了今晚就丢掉的皮箱拎回来，密码是妻子的生日，脑子里最清晰的一段数字。

打开之后，里面有一封信，有一朵已经干枯的玫瑰花，枝干上细小的刺还保存完整。李念打开信，里面是他的存折，少了两百万，还有三把钥匙，他的所有房子妻子没要，只留了两百万。

信上写着："姑娘，我这么抠门都买玫瑰给你。你那么慷慨，我求婚你就答应吧。姑娘，我抠门，一刻时光都不想浪费，这本属于我们俩的书全写我爱你可好？姑娘，人世漫长，我陪你过……"

李念像个孩子那样鼻涕一把泪一把地哭起来，整个酒吧里的人都在看他，他却来不及理会。

我想，他一定很后悔吧。

我想，幸福一定还回来吧。

我想，那本书写满我爱你的书不会出版了吧。

我想，人世漫长，谁陪你过？

……

幸福的路上走走停停七扭八拐，你得用微笑铺满花瓣，你得用眼泪把过去吹干。总有谁离开了谁又遇到了谁，总有谁抛弃了谁又想念着谁，幸福就是一个团团，眼泪和微笑混在一起，时间过去，你只能头也不回地走远。

005
原来那不是友情

有些风景明明是最美的，可我们却总是看着远处。海水起伏、心潮跌宕，还以为是海的狂啸让那片风景刻骨铭心。可时间慢慢地走着，一脚踢翻了海边的石头，又缓缓地挪到原处，心没有痛。时间继续走着，听不到海风的声音，看不清大潮离自己究竟多远，连一点恐惧都没有，想着难道会死在记忆里不成。然后，有个人突然在那片风景中站起来，那海风的冷、海水的涩、呼啸的狂乱、新潮的跌宕瞬间复活……

2008 年的 9 月，我和小楚在同一个大学的新生入学典礼上，小楚穿着清凉的衣服，顶着一顶红色的鸭舌帽，像是真的鸭子吐出了舌头，大声喊着："怎么这么热，怎么这么热！"嫩白的肌肤在热烈的炙烤中散发着青春的气息，像是倾盆大雨落在地上，水花迸溅，落在地上的、停在半空的，落在地上又被弹起的，水花就那么凌乱地交织在一起，让你的心一刻都不能停歇地跳动。

每喊一次"怎么这么热"，小楚就脱掉一件衣服，你看到她露出脖子、肩膀，然后娇小细嫩的手臂被风抚摸着，你都觉得忌妒。

小楚就是那样美丽的一个姑娘，不管你姓什么，站在她旁边你都姓六神无主、心潮澎湃、跌宕起伏……

学校干事在讲台上讲得天花乱坠，大汗淋漓。好像汗水里有某种激素，让不停讲话的人认为不停讲话会传达出积极乐观的正能量，可天太热了，人群不想再靠近任何能量。

小楚突然大喊，"大叔，你能不能快点讲，热死了。"

一个人点了导火线，所有人的青春都炸开了。

开学的第一天，小楚就被请到了纪检部。

没几分钟就被放了出来。看着小楚，纪检部的干事皱了皱眉头说：“下次注意。”

美丽就是有某种特权。

下午三点，终于收拾完所有的东西，图书馆下面浩浩荡荡的签到大军也陆续退去，三点半我从睡梦中醒过来，突然发现身份证落在了签到处。

离着很远就看到有人在招手，是小楚。

她说：“真巧，我们是同一个班的。”

我说：“真巧。”

小楚说：“真巧，我们都把身份证落在了签到处。”

我说：“真巧。”

小楚说：“真巧。”

然后又一个真巧，我们成了朋友，铁一样的哥们了，碰到一起会咣咣地响，却不会擦出火花。

“我恨真巧，不巧的话也许我们能成为另一种朋友。”

“我恨铁，碰到一起咣咣地响，却只会响，擦不出火花来。”

后来我从小楚的日记本中看到这句话，退潮的青春迅速涨潮又急速退去，几朵浪花拍在岸上，湿了些沙子，痛了些回忆。

我们在一起吃饭，吃校门口的过桥米线，吃到一半大喊，“老板，麻油没有了，再来瓶麻油吧。”

我们都喜欢吃米线，吃倒满麻油的米线，一边把美味送进胃里，一边嘻嘻哈哈地说：“爽翻了！爽翻了！”

我们去海边喝啤酒，小楚清纯可爱，可那是喝酒之前，喝起酒来像男人，喝完酒像喝完酒的男人。

有时候她会说什么说个不停，说到海水涨潮，我们去别的地方，她继续说。

有时候她会哭什么哭个不停，哭到海水退去，眼泪在眼角打转，还是没有人抱她。

有时候她只是安静地坐着，看着潮起潮落，回头对我说：“林子，这里的海真美。”

我笑着，继续看海。

有些风景明明是最美的，可我们却总是看着远处。海水起伏、心潮跌宕，还以为是海的狂啸让那片风景刻骨铭心。可时间慢慢地走着，一脚踢翻了海边的石头，又缓缓地挪到原处，心没有痛。时间继续走着，听不到海风的声音，看不清大潮离自己究竟多远，连一点恐惧都没有，想着难道会死在记忆里不成。然后，有个人突然在那片风景中站起来，那海风的冷、海水的涩、呼啸的狂乱、新潮的跌宕瞬间复活……

可她缓缓地走出那片风景，她什么都没有说，可你知道她永远都不会再回来。突然觉得，有些风景明明是最美的，可你走了，再美的风景也碎了。

你走了再也不会回来，破碎的风景怎么也无法拼凑。

大二的一天小楚突然带她的男朋友出现，他叫陈筠，是个富家子弟。小楚说："我认识他的时候他还不是富家子弟，后来竟然成了富家子弟，这算是意外的收获?"

我说："意外。"

我想说那是一场意外的收获，可我只说了意外，事情就真的出了意外。

陈筠这次来，是跟小楚分手的。他们高中的时候认识，考上大学之后异地恋了一年，现在陈筠要分手，异地恋果然不是所有人都能忍受得了的。

他们在学校附近的海边闲逛，说了些无关痛痒的话，把无关痛痒的青春再回忆一遍，小楚突然觉得没有什么可留恋的。

她说："分吧，都说初恋根本不懂爱情，祝你懂爱情，祝你爱情。"

至今不怎么懂，小楚说的祝你爱情是什么意思。

陈筠说："吃个散伙饭吧，好聚好散。"

然后小楚打电话给我，让我在月亮湾酒店定了一个包厢，一千九百大洋，整整三个月的生活费，一顿饭就蒸发了。

一进包厢小楚就偷偷地冲我竖大拇指，然后对陈筠说，"这里条件不好，你们山珍海味吃习惯了，不如吃点家常菜，换换胃口。"

小楚嘴刁，可心软。

一喝酒，就变成了男人。

一喝醉，就变成了喝醉的男人。

突然说什么说个不停。

突然哭什么哭个不停。

小楚说："陈筠，当初追我的时候轰轰烈烈，分手的时候怎么这么冷清，你就不能请个乐队唱首歌给我？真小气。"

小楚喝完酒睡着了，睡得一塌糊涂。只剩下我跟陈筠。

陈筠说："我们喝白的吧，啤酒不容易醉。"

我说："干嘛急着喝醉？"

陈筠淡淡地笑了笑，"都分手了，还不该醉一场？"然后招手要了两瓶五粮液，两瓶酒比我们吃的饭都贵。

十分钟第一瓶五粮液见底。

陈筠突然唱起歌来，他唱的是李克勤的《红日》！据说这首歌是当年陈筠追小楚的时候唱的，我没听过当年他是怎么唱给小楚的，可我有幸听到分手的时候他在包厢里唱当年初恋时的歌。

"让晚风轻轻吹过

伴送着清幽花香像是在祝福你我

让晚星轻轻闪过

闪出你每个希冀如浪花

快要沾湿我"

突然觉得，这是一首最合情、合景的歌。

第二瓶喝完一半的时候，陈筠也开始说个没完。

他说："我这辈子做的最正确的事情有三件。第一件是当年追了小楚；第二件是今天和小楚分手；第三件事就是当年追小楚的时候唱了这首《红日》，分手的时候也唱了这首《红日》！我真是天才！"

“我真是个天才。”

然后把酒瓶摔得稀碎。

我觉得他是个疯子，我嘲笑他，跟他喝酒，把他灌得更醉，醉到连自己都醉了。

我喝酒的时候觉得天底下没人比我喝得多，清醒的时候发现那是一句屁话，没有屁用。

等我清醒过来的时候，我跟小楚在一家旅馆的房间里，两张床，小楚在另一张。桌上放着一张纸条，上面写着，“早饭我已经帮你们叫了，八点的时候会送来。林子，以后不要让小楚喝那么多酒。”

我心想，“我怎么能管得了她，我饿了我要吃饭。”

突然一惊，摸了摸口袋钱包还在，钱还在，顿时觉得陈筠是个厚道人。

然后快餐上门，我畅快地吃饭，小楚在我畅快吃饭的时候醒来。

大三的时候，小楚告诉我毕业之后她要出国留学，去加拿大，很多人对加拿大的印象始于一片红枫树，小楚也是，她还喜欢那里的冰酒和三文鱼。

最终小楚也没有告诉我她要去加拿大的真正原因，她只说毕了业她要去加拿大留学。

我不清楚她到底要说什么，我说：“哦。”

毕业临近的时候，小楚说：“我们去 KTV 吧。长这么大竟然没有去过那里。”

那时候天是热的，人却是清爽的。如今人是热的，天却冷了。

我们在 KTV 里狂吼一整夜。

小楚突然说：“林子，你都没考虑过要喜欢我?”

我突然呆住，耳朵里聒噪的音乐声瞬间停止，只能听见小楚说的那句，“林子，你都没考虑过要喜欢我?”

我站在那里很久，突然坐在点歌台旁边乱点一番，对小楚说：“没有这首歌？你是不是记错歌名了?”

也许是我记错了，我只记得我跟小楚是铁哥们儿，像铁那样，碰在一起咣咣地响，可却不会擦出火花来。我记错了，青春的意图总会被掩藏得很深，深到连你自己都不知道，岁月会把那些隐秘一个个地揪出来，说你错过了这个错过了那个，唯一没有错过的就是你的青春。

突然觉得，青春就是为了制造一切错过，让你在今后的日子里小心翼翼、谨言慎行、手足无措。

小楚微笑着，她说："那就点一首 beyond 的《红日》!"

我跳起来大喊："《红日》不是 Beyond 的!《红日》是李克勤的!"

小楚跳起来大喊："那就点一首李克勤的《红日》!"

小楚唱："让晚风轻轻吹过，伴送着清幽花香像是在祝福你我，让晚星轻轻闪过，闪出你每个希冀如浪花，快要沾湿我……"

唱着唱着小楚突然痛哭起来，从来没有见过那样的眼泪，一颗一颗很认真地掉在地上，让你知道她是真的痛了。

我想，我伤了小楚的心!

第二天，小楚拿着去加拿大的飞机票去了机场，没有跟任何人说，突然就消失在这个城市里，突然就从这个国家蒸发了一样。

小楚给我发短信，她说："林子，哪一年的 1 月 4 号我会回来，我走的时候你没有去送我，等我回来你得去机场接我，哪一年我也不知道。"

一走就是四年。思念都被融化了，流淌在身体的每个角落里。

第一年小楚时常会发短信给我：

她说：“竟然算错了日子，这里的枫树竟然还没有复苏。大姨妈都要乱掉！”

她说：“林子，Sault Ste Marie（苏圣玛丽）的枫树好美，红得把人的心都要烧出来。”

她说：“林子，竟然刚发现 Agawa Canyon 的山谷列车竟然能开进峡谷，透过玻璃看枫树，好美。”

她说：“林子，你怎么没有来陪我看风景？我这样说但没有发出去。”

第二年小楚突然不再给我发短信，打电话空号，发短信没有人回，小楚再次从那片风景中消失了。

第三年，我去上海，在一家医院里看到了陈筠，那个小楚曾经的男朋友。他好像得了什么病，需要很多钱，没关系，他是富家子弟。可这病需要很多时间，他已经没了青春。

后来我才知道，陈筠当初跟小楚分手，并不是因为他得了某种怪病。跟我一样，在青春的画卷里找不到最美的风景。

陈筠说："林子，你知道当年我为什么要跟小楚分手？"

"难道是因为你得了病要死？"

"我没有那么伟大，要死我也要死在心爱的人身边。是因为那时候我要出国留学，去很远的地方。你可以死在心爱的人身边，可你不能去那么远的地方去那么久还不能带她去，她会寂寞。"

我说："你真伟大。"

陈筠笑笑，"我妈说小楚家境不好，跟我们家门不当户不对，我竟然信了。索性就去分手了。"

"你个鳖孙。"

陈筠说："后悔了，来不及了，算了。"

我说："你不会死吧。"

陈筠说："不会，马上就要好了。"

我说："能喝酒吗？"

陈筠扯下胳膊上的输液管，"能，憋死了我了，喝酒去！"

2011 年 1 月 4 号晚上上海下了一场大雪，漫天的大雪胡乱地下了一夜，次日凌晨三点戛然而止，雪花落在窗户上像青春那样凝结成另一种模样。

凌晨四点，小楚突然打来电话，“你怎么还没到，雪都要化了。”

我说：“雪这么大，飞机是从天上掉下来的？”

小楚嘟着嘴，把停在鼻尖上的雪吹到空中，说，“我昨天晚上就到了，刚下飞机就下雪了。还下得那么郑重，我觉得它们是在迎接我，所以……”

“所以你就看了一整夜？”

“没有，凌晨四点而已。”

小楚说：“林子，我就没见过下得这么郑重的雪，一大片一大片地落在脸上，你去摸它竟然都不会化掉，”小楚声音柔弱，她说，“是因为皮肤跟它一样冷？”

我说：“你就不能滚回候机大厅？回国的第一天就要感冒？”

小楚呵呵地笑着，笑得连凝结在窗户上的冰花都被簌簌地震掉。

我说：“小楚，你都没有考虑过要喜欢我？”

我听到小楚的笑声，她说：“可是点歌台没有这首歌，你是不是记错了歌的名字?”

我说;“小楚，为什么要选 1 月 4 号这一天?”

小楚笑着说：“你不知道 1 月 4 号是立春吗？这一天最容易下雪。”

第四辑

与爱情无关

有梦的地方就有江湖，背着梦跑的人都是侠客。

你不一定要有剑，不一定会使刀，但你得够狠，

狠到只剩下你自己，

孤独无望的时候你还背着梦，背着。

001 小米不丢

当猫觉得自己要挂了的时候，它就会悄悄地走开，永远都不回来。或者藏在最隐秘的地方，永远不让你找到。

有人说，这是最后一次告别，它怕你会伤心。

总觉得那个时候它会回头看一眼你，在熟悉的门口停留一会，我猜不到它是在回忆那些吃过的美食，还是在寻找这个房间里曾经打闹的声音。它站在那里，喵喵地叫着，嘴巴一张开眼睛就眯成一条缝。

米丢刚进家门的时候只有一个多月大，右后腿缺失，后天性残疾。至今都没弄清它是因为车祸丢掉了一条腿，还是因为其他的原因，但可以肯定的是米丢有一个不堪回首的童年。妻子感慨颇深，起了个既形象又有力的名字：三条腿。

因为带伤进门，三条腿轻易地博得了我们，尤其是妻子的怜悯。两眼一睁一天都是圆的，所以它不用卖萌就已经在卖，不用装纯就已经在装。见到三条腿的第一眼突然领悟到，女人是猫性的动物一点都不假，可女人卖萌卖不过猫、装纯也装不过猫，当年老虎学艺拜猫为师是个明智之举，所以后来的“小和尚下山”老和尚说：“山下的女人是老虎，遇见了千万要躲开。”

三条腿会卖萌会装纯，技艺娴熟像个天桥上卖艺的，既有能耐又有长相，待遇就没了底线，伙食也轻易地超越了这家的男主人——我。羊奶、最高档的猫粮、最纯净的水、最舒适的窝，什么都是最好的标准，我时常张嘴就说“过得不如个畜生”变成了赤裸裸的现实。

作为一个男人幻想了四分之一生命‘吃香的喝辣的住好的玩好的’梦想，它出生一个月就实现了。

我时常对着它喊：“我是人，你是畜生。”

它不懂，只会摇摇尾巴。

后来我明白，它在说："决定这家主人的是你媳妇，决定这个屋子主人的是我。"

我跟妻子白天要上班，所以米丢成了这里的霸主。

想做什么就做什么，想怎么做就怎么做。

衣服被咬破、鞋带丢失、桌脚出现缺口、沙发出现漏洞、连我自认为放的最隐秘的结婚证上都出现了划痕。

最后一件事我忍无可忍，一顿爆揍。

接着我被妻子一顿暴揍。

气急败坏！指着三条腿的鼻子臭骂一通，"别以为我是怕你咬坏了结婚证才打你，我是怕你咬坏了，离婚的时候不好办手续！"

之后，妻子做事总是谨小慎微，我们也过上了举案齐眉的安稳日子。

一个月之后，妻子觉得"三条腿"有侮辱性有失人格，决定给三条腿换个名字。猫哪有人格？猫只有猫格，猫格是什么？你做什么它都只会喵喵叫，就是个无赖。

无赖还有人格?!

起名字的时候，妻子觉得应该叫个贱点的名字，贱名长命，什么猪大肠、烤羊腿、西红柿、煎饼卷大葱都想过，后来干脆叫它小米，又小又贱。叫了几天媳妇突然喊它“米丢”，觉得这名字一语双关，之后就正式更名为米丢，寓意为小米不丢。

米丢貌似很喜欢这个名字，你大老远地喊它名字，先前还腾空打滚、跳龙门、闹东海，瞬间停住，立着耳朵听，然后喵的一声朝那声音跑去。气势像是猛虎下山可末了儿却还是腾空打滚、跳龙门、闹东海的雕虫小技。

猫这种动物很难听从指令，但所有动物都逃不过条件反射，每次喂它之前都喊它名字，慢慢地你叫它名字它就飞奔跑来。

你喊它的贱名，它听成：“又是好吃的！快来抢了！”

因为有了米丢，新婚的二人世界顿时多了个小三儿进来，我觉得米丢撼动了男主人的地位，有过把它丢出去的念头，有过。

后来看到它吃我给他炖的鱼，我就决定了，要养到它死在这里。

最开始的时候，米丢只有拳头大小，全身都是绒毛，它比不了女人的皮肤光滑，可在男人手里却有一种初生婴儿的乳臭味。所以，猫征服男人比女人征服男人更容易，它一出现就让男人感受到了婴儿般的童真、单纯、可爱……而女人只会让男人看到现实。一个月大的猫只能喝羊奶，以前我从来不知道小猫是不能喝牛奶的。德行！老家里的猫吃馒头剩菜拌糊豆（玉米面粥）长大的，你呢，进门就喝羊奶！我都没喝过。

后来，我才知道宠物专用的羊奶，人是不能喝的。

逐渐适应了上层生活的米丢对美食越来越不感兴趣，换牙之后开始接触猫粮的时候，态度决然，俨然一副此山是我开此树是我栽的流氓架势。它说："不吃！这是什么东西！这么硬?!"

后来，宠物零食成了它的主食。

再后来，媳妇说零食对它不好，要给它炖鱼。

只炖过一次鱼就让媳妇再也不吃鱼的我挥刀进了厨房，半个小时鱼出锅，丢一块在米丢碗里。

一转眼，不见了。

"鱼呢!"我大喊!

米丢喵喵叫着，舔舔嘴。

"鱼呢!"我又喊!

米丢仍旧喵喵叫着，舔舔嘴。

"鱼呢!"

米丢喵的一声惨叫，然后，我人生中第一次知道被猫抓过是那样的伤，那样的疼。

后来我知道米丢那样叫不是在骂我傻，“碗明明已经空了还问鱼呢！被狗吃了！”它是在说：“我要鱼！鱼呢！鱼呢！”

我和你个畜生竟然在说同样的话。

我偶尔炖鱼，宠物零食还是米丢的主食。城里人哪有喜欢吃肉的，人家要吃杂粮！以至于后来每次炖鱼，米丢都会狠狠地吃上两碗，然后抱着第三碗睡着。

睁开眼，吃两口，继续睡着。

睡一会，睁开眼，再吃两口。

你把它拿开，它会闭着眼准确无误地回到盘子旁边，用力抱住，睁开眼，吃两口，继续睡着。

如此循环直到一整条鱼被吃光，绝无例外！

“从来没有人这么捧我的场！”

“那也只能说你在畜生界是最好的厨师。”

即便媳妇污蔑我，我知道她是忌妒。

“吃，慢点吃！别噎死！吃完了老爹再给你做。”

那是第一次给自己这样的称谓，妻子也顺理成章的成了米丢的娘亲。

米丢一个月的时候，妻子认定它是虎斑。两个月的时候，我觉得它是孟买。三个月的时候宠物医院的医生确定，它是一个再平凡不过的家猫。毛色亮了点而已。整天羊奶喝着，高档猫粮吃着，不亮才怪。

我不信米丢是家猫，家猫怎么会有这么高档的生活！它是黑毛的蓝猫，或者不折耳的折耳，不穿豹纹的豹猫，没有虎斑的虎斑！

媳妇说："你这是自欺欺人。"

我说："我是怕米丢知道自己是个家猫，却过着贵族生活，它会伤心。"

不知道从什么时候起米丢开始尾随我，你去哪里它就去哪里，悄无声息，等你百无聊赖的时候突然出现在你面前喵喵地叫两声。我在床上休息，它突然顺着袖子钻进衣服里，我呼呼大睡，它也鼾鼾地打呼；我在书桌上伏案赶稿，月亮星星洒了一窗子都没发现，它蹲在窗前也不看我，看着窗户愣愣地出神；我吃饭的时候，它伸出爪子顺着腿往上爬，不管抓破了什么都要爬上桌去；我洗澡，它蹲在外面看；我做饭，它蹲在身后瞅……

后来米丢喜欢上了洗手间，只要浴霸开着就跳进浴盆里打滚，有时候嗖的一声翻个个儿，像个脑残；有时候匍匐前行两眼放光，像个猎人……

后来干脆上大号就带着它，打开浴霸让它在浴盆里滚，我在旁边看。

“你别放肆！”

“你别抓花了浴缸！”

“你闭嘴！叫的我心烦！”

……

“你爱干嘛干嘛吧！”

……

猫是全世界最独特的宠物，这话不是我说的，是科学家说的。从人类文明开始以来就没有任何一只猫被驯化过，所以猫都是有野性的，而且自始至终永不消失。

我对媳妇说：“你对它好没用处，在它眼里你就是个肉团团，它不吃你是因为你太大了，它干不过你！”

我说：“你整天对她这么好，它能给你养老？”

我说：“你再打它一下试试！”

三个月大的时候，带米丢去打疫苗检查弓形虫，结果一出门这货就钻进我衣服里面只露个头出来，我说：“你知道我们要干嘛?!”

它呲着毛喵喵叫。

刚进宠物医院的大门这货就开始全身发抖，原本我以为猫的胆子都挺大，不是说它们有九条命的吗，玩命都不怕还怕别的?

这些都是空壳子，龟壳里的龟头遇事就要缩回去。

抽血的时候米丢带上头罩，整个发疯了似的狂叫，吓得医生都哆嗦起来，一个劲儿地让抓紧点抓紧点。等他抽完血米丢正好从头罩里挣扎出来，转身就要咬那斯，我一时冲动拿手挡住了米丢的嘴，原本以为它会用力咬下去，掉块肉是肯定了，没想到这货竟然突然停住了，嘴咬在手上牙齿咯嘣咯嘣地响就是不用力咬下去。

抬头看了看我，满眼都是眼泪，转身钻进衣服里去。

什么疫苗不疫苗的，以后不打了!

对于宠物，最美的愿望不是它不会死，那不现实也不科学。只要它能陪伴着你，你能陪伴着它，它先死或者你先死都无所谓失去。“只要曾经拥有”的幻想，在人与出畜生之间更容易实现。

之所以这样说，是我最近了解到了猫的一种天性。

当猫觉得自己要挂了的时候，它就会悄悄地走开，永远都不回来。或者藏在最隐秘的地方，永远不让你找到。

有人说，这是最后一次告别，它怕你会伤心。

总觉得那个时候它会回头看一眼你，在熟悉的门口停留一会，我猜不到它是在回忆那些吃过的美食，还是在寻找这个房间里曾经打闹的声音。它站在那里，喵喵地叫着，嘴巴一张开眼睛就眯成一条缝。

如果你的猫突然消失，你就当它是走丢了，不管在哪，活着就好。

所以，找了三天五天还找不到的猫，不要再找了，你就当它去了更好的人家，那里有羊奶、最好的猫粮、最纯净的水、最舒适的窝……总之，它还活着。

002
肉丸子

时间过得快，留不住岁月也留不住青春，可记忆打着盹，它醒来就把青春唤醒。你走在路上看着天，我走在路上看着你，路边红花绽放，微风清凉，我们只是走着；你抬头看我我也抬头看你，天边夕阳微羞，红袖添香，我们也只是看着。

什么都没说，什么都没做。可记忆打着盹，它醒来就把青春唤醒。

青春无恙多了些回首彷徨，看你拂袖闻花香，亭台下举灯夜微亮。

2009 年 11 月的烟台，第一次看到像雨一样瓢泼的雪，呼呼地从各个方向扑向你，像是有一个重拳唰地打在玻璃上把凝结在冰凌里的雪烟花一样地释放出去，冷气突然灌满全身，把每一个睡着的细胞叫醒。

雪没有方向地扑来，因为风没有方向地吹走着。

“好大的雪。”猛打个寒战发短信给乔羽，很久没有收到回复。

“嘿！雪很快就要下完了，”一个清脆的声音从窗外传来，哈出的热气瞬间把寒冷暖得温热，被寒冷叫醒的每一个细胞都因为她的美而爆裂。她说，“你怎么能躲在这里！”然后突然从背后拿出一个巨大的雪球呼地盖在我头上。

顺着头发、经过鼻腔，敞开的领口没有任何阻拦……

她喊：“透心凉、心飞扬。”

我跳起来大喝：“丫的！别跑！等我追上你！”

这是故事的开始，至今我都不知道肉丸子为什么会在那个时候把雪球盖在我的头上。也许她喜欢我，我在窗前成全了她的一见钟情，可自始至终她都没有说过“我喜欢你”；也许她同情我，我的表情和那时的风雪唤醒了夜的寒冷，风花雪月夜，她感觉到了那种冷；也许她什么都没想，把巨大的雪球盖在躲在温暖地方的人的头上，把他的寒冷唤醒，他就会去追逐温暖。

对于农村人来说，最不寒冷的季节应该就是冬天，一到冬天什么都不用做，全家人躲在屋里，窗户用厚厚的透明油纸包着，刺眼的光发着黄晕。围着火炉坐着，炉底放着花生、地瓜，炉子上烧开的水嗞嗞冒着热气，偶尔水汽掉在烧红的炭上嗞的一声把空气都唤醒。等花生熟了、地瓜也熟了，所有人都不说话，忙着把最美味的东西送进嘴里，吧唧吧唧像一首歌。

上了大学之后，雪有了另一种功用。似乎在它们面前，女孩子心底里的那份纯净突然就被唤醒，瞬间觉得每一份爱都是真挚的，每一段情感都是长久的，所以你向她求爱，她想都不想便答应了。

雪花烂漫，人也烂漫，走走停停只有雪下个没完。

等我回到教室，手机嗡嗡地震动，是乔羽发来的短信，她说：“林子，我们分手吧。”

我忙着抖掉身上的雪，看不到的地方，肉丸子出手相助。

她头顶着雪花，不停地说：“你怎么跟个孩子似的，满身都是雪。”

她说：“坏了坏了！来不及了，它们已经化了。”

她说：“坏了坏了！你会不会冻死？”

我转身对着肉丸子，我忙着抖掉身上的雪，力度太大把笑都抖出来。我拿出手机回复乔羽，我说：“祝你幸福。”

我说：“好冷！好冷！我会不会冻死？”

肉丸子从书桌里拿出一件刚买的系扣毛衣，她说：“你把这个穿在里面吧，没人知道你穿的是女人的衣服。”

我说：“不要！”

肉丸子继续说：“那你冻死了怎么办？”

我说：“我宁愿冻死。”

然后雪水顺着衣服贴近后背，我果断抢过了肉丸子的衣服迅速穿上，转头对肉丸子说：“小时候妈妈经常买女生的内裤让我穿。”

下午我们一起回宿舍，那段路原本很短，可我们走了很长的时间。肉丸子走走停停，一会儿把冬青叶上的雪丢进嘴里吧唧吧唧地吃着，一会儿又猛地跳进没有被踩过的雪地里一个劲儿地跑，好像发现了秘密花园的孩子，每一个地方都绽放着秘密的香味。

走到宿舍楼下面，我上楼换了衣服，把肉丸子的系扣毛衣还给他。

肉丸子说：“对了，你叫什么名字？”

我说：“你叫我林子吧。你叫什么？”

肉丸子想了想：“我叫梦梦，可这个名字太素了。”

我说：“那我就叫你肉丸子吧。”

肉丸子说：“好像荤了点。”

我记得我们打雪仗的时候还是早上，刚吃完早饭没多久，豆浆油条还没有消化完，可转眼走到楼下的时候天就已经黑了下来。

时间过得快，留不住岁月也留不住青春，可记忆打着盹，它醒来就把青春唤醒。你走在路上看着天，我走在路上看着你，路边红花绽放，微风清凉，我们只是走着；你抬头看我我也抬头看你，天边夕阳微恙，红袖添香，我们也只是看着。

什么都没说，什么都没做。可记忆打着盹，它醒来就把青春唤醒。

青春无恙多了些回首彷徨，看你拂袖闻花香，亭台下举灯夜微亮。

肉丸子是隔壁班的班长，上大学那么久，竟然觉得那天才是第一次见到她。

后来我见过很多人穿过那件系扣的毛衣，每次打雪仗之后，总有个被雪水灌满衣服的孩子抢着穿肉丸子的系扣毛衣。后来肉丸子干脆把毛衣放在教室，谁被雪水浸透了衣服，谁就穿肉丸子的系扣毛衣。

刚开始用手机随便打几个电话发几条短信就是几十块钱，进了大学有了第一张电话卡之后，竟然发现10块钱的套餐本地通话五百分钟免费，超过的一分钟一分钱。这是地区差异?!有了这么便宜的泡妞工具，全校的男生都在骚动，我打电话给肉丸子，“话费用不完，用不完就是移动公司的，我们随便聊点什么。”

后来一聊就聊一整个晚上，聊到她睡着，我对着电话继续说；聊到我睡着，肉丸子挂掉电话重新打过来。

肉丸子睡眼惺忪：“明天就是下个月了，再努力努力。”

我说：“可是我们还有一百分钟没用完，离明天只有十分钟了。”

“管它的，够本了。”

大学之前宿舍里全是学习的，大学之后宿舍里全是发春的。突然有一天发春的杨辉跑过来说："嘿，林子，我要追一个女生，帮我出个主意吧。"

我说："你找女朋友干嘛找我？我又不是情圣。"

杨辉悻悻而归，一会儿又从书房里出来，"本来打算追上妹子就把新买的PSP（掌上游戏机）借你玩几个月的。"

我从床上跳起来，"办法太多了，你想要西式的还是中式的？"

杨辉也跳起来，"咱们住在海边，那么多浪头劈头盖脸地打过来，当然要浪一点的。"

杨辉求爱那天，全宿舍的人都出动买了鲜花、喷彩和烟花筒，能想到的能用到的全都带去。

等肉丸子和杨辉坐在里面的时候，所有东西准备就绪，点火、喷彩，只有烟花迟迟没有点燃，等他们牵着手走出来的时候，我才突然惊醒，点燃了烟花。竟然是肉丸子。

杨辉后来说："只有林子懂浪漫，一股劲儿把所有东西用在了开始，后面怎么办？！这才叫善始善终！"

杨辉成功追到了肉丸子，不费吹灰之力，体力活全是舍友出的，他只管谈情说爱动动嘴皮子。

过了几天半路遇到肉丸子一个人坐在学校的未名湖的湖畔，本打算悄悄地走过去，可肉丸子鼻子灵敏，她嗅出了系扣毛衣的味道。

“嘿！林子！”肉丸子一脸委屈地看着我，“你干嘛躲着我？”

我风风火火地走过去，“行事光明磊落，做事雷厉风行，我什么时候躲着你了。”

肉丸子一脸委屈，“我们好像很久没打过电话了。你怎么不打电话给我？”

我呵呵一笑，“我没给你打电话？”

问得自己心虚。

我们就那么坐了很久，河面上浮萍漂远，像荡在空中的云彩，远处干枯的杨柳摇摆身姿，总觉得凄冷了些。我不是个时常伤感的人，能笑的时候大声笑出来，伤心的时候回忆起来那笑声也就没那么伤心了。肉丸子坐在旁边一句话都不说，像是那块浮萍，飘着飘着就远了，有一天远到记忆都找不到她；又像那棵干枯的杨柳树，春芽就藏在那些干枯里面，可不到时节她不把那些春芽唤醒，做什么都需要理由，我爱你也是，春天还没到，最好的时节还没来，我爱你却不会说。

肉丸子突然说：“林子，我们不合适。舍友说我是个没脑子的人，走到哪儿东西就忘在哪儿。可你也是个没脑子的人，连自己走到哪儿都不知道。她们说如果林子和肉丸子在一起，他们肯定连孩子都会丢掉。”

我说：“怎么可能。”

肉丸子说：“没想到你跟杨辉是舍友。”

我说：“难道我们是好兄弟也要告诉你？”

肉丸子笑笑。

我也笑笑。

肉丸子突然哭了，眼泪在眼角打转，转来转去转晕了方向又憋了回去。

这是故事的全部，没有任何华丽的地方，平平淡淡地从开始走到结尾，连声再见都没有，连个拥抱都没有。可我总觉得，青春最不容易忘记的是那些起起伏伏的跌跌宕宕，可青春最终留下的却会是那些简简单单平平常常。

有些人爱的强烈，忘乎所以，却狂奔着走向结局。也许后来，你会忘了那次相遇那次相拥，你会忘了最特殊的日子，忘了最特殊的事情，可时间苏醒的时候，你还记得曾爱过她。

一开始你哭，为离别伤感，为再见期盼。

后来你笑，为缅怀曾经，为铭记过去。

青春总是多了些伤痛，走在上面，只剩下勇敢。

003
幸福路一号

一只公鸡昂着头骄傲地走过幸福路一号，咯咯咯叫个不停。

它跳过栏杆，飞过汽车穿流的人行道，停在有蒲公英味道的长椅旁边。

在幸福 chocolate 店门口，拉了一堆鸡屎。

有人踩在了鞋子上浑然不知，继续向幸福路的方向走。

有人踩在鞋底，一路肮脏地走到幸福路的尽头。

有人在街口打电话低头看到肮脏的鞋子破口大骂，他说：

“我在幸福路上踩到了鸡屎。”

如花似锦的红玉公鸡昂着头骄傲地走着，一步一颠走走停停，站在那总是一只脚抬着，它没觉得自己是优雅的物种，看到的人却觉得优雅。在幸福路的尽头红玉公鸡咯咯咯叫着。它嘲笑屁股上没有毛的母鸡，昨天夜里的大战它叼光了母鸡尾巴上的毛；打败了遇到危险就掉尾巴的壁虎，顺便吃了一只跳在半空刚要展翅的蝗虫，补充了足够的蛋白质和脂肪。食物沉淀在胃里，搅拌加工被肠道吸收，营养顺着血管进入皮肤毛发，羽毛的色泽更加鲜亮，没用的东西再次沉淀积聚成为它明天要拉在幸福路巷口的一堆肮脏的鸡屎。

湖鸟不是那样，他在幸福路生活了十一年，从未发现他的鞋子上沾上过鸡屎。他是个智障人士，只会低头看路，从不低头看脚。见过他的人都觉得他是傻子，可他也以傻子的方式看着别人，别人说：“你真是个可爱的傻子！”他说：“幸福幸福幸福！”

别人用傻子咒骂他，他用幸福还击别人。

看到有人来幸福 chocolate 买巧克力，他就说：“幸福幸福幸福！”

来这里的客人都觉得，时间久了即便心里不幸福耳朵也是幸福的，幸福 chocolate 店里的巧克力没有让顾客回头，湖鸟的“幸福幸福幸福”却引来了更多的回头客。因幸福回头，难免不是个笑话，傻子说的话别人也深信不疑。

湖鸟活得很艰辛，住在店长给他租的 200 块一个月的地下室储物间里，每个月的工资只有 200 块，没有人喜欢他也没有人嘲笑他，他像一颗长在雪山之巅的一种植物，不管是花还是草，爬不到山顶的人都不能理解他的艰辛。

可他又那么幸福，看到有人来幸福 chocolate 买巧克力，他就说：“幸福幸福幸福!”

店长在一旁咯咯地笑着。

路过的行人咯咯地笑着。

店里的顾客和员工咯咯地笑着。

他们笑着，可一点都不快乐。

连湖鸟也在笑着。

幸福路一号的街口，红玉公鸡每天都会出现，谁也不知道它从哪里来又为什么会停在这里，也许它也是个傻子，湖鸟每天说：“幸福幸福幸福”，它每天在幸福路一号的街口拉一堆鸡屎。

湖鸟过得很艰辛，但也觉得快乐。有吃的有住的，有一个地方让他可以呵呵地傻笑，对于傻子来说这也许就是幸福的。

生意不好的时候，店长在店里发飙，所有员工都被他骂得狗血喷头，连草丛里偶尔探出头来的壁虎都脱掉尾巴跐溜一下跑掉，屁股上没毛的母鸡跐溜一下钻进草丛里，咯咯咯地寻找安全地带。

工资拖欠的时候，幸福 chocolate 店里满满的都是抱怨。每个员工的额头上都萦绕着一层雾气，蒸发变绿，连飞在半空的苍蝇都中毒死掉。

有时候，连路过的行人也是面无表情，忙碌得连岁月都要干枯掉。忙着挣钱、忙着工作、忙着去死，有人说忙着去寻找幸福，骄傲的公鸡昂头走过，咯咯地嘲笑他。

幸福是找来的？

可不管你是谁，走过幸福 chocolate 门口，都会有一个智障人士冲你微笑，说着“幸福幸福”。看到他的表情，你才知道你从来都没有幸福过。

没有缘由地一直笑着，他一定是幸福的吧。

行人走走停停，有一个停下的，又一个停下的，他们驻足片刻看看湖鸟，又看看自己。

有的人说："过得不如个傻子。"

有的人说："有什么艰难的，傻子都在笑。"

有的人说："情愿做个傻子好了，什么都不要，至少每天都会笑。"

有的人说："幸福就是这样傻傻的？"

……

他们都是骗子，每天这样说着，第二天经过幸福路的时候还是垂头丧气的样子，低着头走过幸福路，幸福踩在脚下还说找不到它。

湖鸟 2003 年出现在幸福 chocolate 店门口，没有人知道他是从什么地方来的，也没有人知道他是谁，他的父母是谁。湖鸟坐在幸福 chocolate 店门口，门前是北京一条再普通不过的街，街上有许多普通的再普通不过的人。

湖鸟穿着破旧，神情却异常欢喜，所以即便穿着破旧的衣服它也不像乞丐，他身上有一种精气神，丢家失业落寞的人没有那种精气神。店长觉得他不是个乞丐，但也没有发现他的可爱，店长拿扫把赶他走，他坐在原地不动傻傻笑着，嘴里喊着，"幸福幸福幸福！"

湖鸟不识字，可他喊，"幸福幸福幸福。"

店长打电话给警察，玻璃窗外的行人聚集在店门口，脸上洋溢着各种各样的笑。店长想，在嘲笑他吧，一个不知道那里来的傻子。

电话通了，正在转接附近的警察。

玻璃窗外的行人走进幸福 chocolate 店，男人说："竟然有人想出这样的营销方式，放个傻子在门口。"

女人说："幸福本来就是一件傻傻的事情，名副其实。他比我们幸福。"

电话打通了，店长挂了电话。他想，你真是个可爱的傻子。

店长给湖鸟找了这里最便宜的住处，他家地下室的储物室，放了一张床，每月扣掉 200 块钱的工资，再给湖鸟 200 块钱的工资。前前后后要 400 块钱，店长觉得他是个慷慨的人。

店长说："你在这里工作，一个月给你 200 块，怎么样。"

湖鸟笑着，"幸福幸福幸福。"

店长笑笑，"你真是个傻子。"

湖鸟有了干净的新衣服，收拾收拾竟然有可爱的样子。他每天站在幸福 chocolate 店门口，吸引顾客走进这家店。

因为湖鸟店里的生意好了很多，很多人因为湖鸟走进这家店。这家店的标语是：幸福本来就是件傻傻的事情。

日子一晃岁月就像破了洞的水袋跐溜跑出去一大截，忙用力攥住，却只抓了一脸的潮湿。

2008 年，湖鸟的工资涨到了 500，他什么都不做，也什么都做不好，能有 500 块钱的收入已经算是不错了。但他的存在值这些钱，甚至比这些要多得多，多得多得多。

转眼间幸福 chocolate 店门口的小花园已经变成了广场，满大街的小破房变成了摩登大厦，只有这家幸福 chocolate 店还保持着原来的样子，原来的装修，连窗口都是原来的实木窗口，虽然破旧了一些，但却是岁月的样子，更符合幸福的主题。

很多人来幸福 chocolate 店买糖果、巧克力，早些年还是小孩子取笑过湖鸟的客人，如今已经是腰缠万贯的成功人士，据说做了房地产生意一夜暴富。如今已经是大老板，但只要想起来他就会来幸福 chocolate 店门口坐一会，买几块巧克力耗上一整个上午。

有些人说他不务正业，分分钟都是上百万的流水，却有时间来这里吃巧克力，像个傻子。

谁也看不懂他到底想要什么，湖鸟看得懂，湖鸟站在他旁边笑着说：“幸福幸福幸福。”

还是原来的地方，还是原来的牌子，味道也亦如曾经，可烟花虽在、物是人非，谁的幸福没有在岁月中浸泡过就有了腌制的味道？谁的幸福没有在争夺与拼抢的厮杀中打磨就有了圆滑的外表？

我们想要的太多，给予的太少，所以幸福不喜欢我们，所以我们不幸福。

2009 年的时候，湖鸟上了报纸电视，有人扛着摄像机跑到幸福 chocolate 店门口拍他。湖鸟还是老样子，不管你怎么对待他，他都笑着说：“幸福幸福幸福。”

电视报纸都说他是最幸福的人，可他是个傻子。

后来湖鸟的另一种特质被挖掘出来，他会剪窗花，而且是地道的老手艺，剪出来的窗花栩栩如生，看到就让人惊讶，而且他剪窗花的速度极快，看上去就像一种表演。

电视报纸再次找到他，湖鸟迅速成了名人，家喻户晓。人们都知道有一个叫湖鸟的傻子，他很幸福，而且他会剪窗花，剪最漂亮的窗花。

2009年的年底，一个自称是某娱乐公司经纪人的成年男性来到了幸福chocolate店，他没有径直走进店里告诉店长他的想法，他买了几块巧克力，坐在幸福chocolate店对面的长椅上看着湖鸟。

他说："你幸福么?"

湖鸟说："幸福幸福幸福。"

他说："我带你去更幸福的地方好吗?"

湖鸟第一次沉静了一会，也许他突然觉得生活太单调了，或者他第一次感觉到了他并不幸福，他点着头说："幸福幸福幸福。"

湖鸟并不属于谁，所以他想去哪儿就能去哪儿。

经纪人带着湖鸟出席各种场合，他的出场费也逐渐从几十块涨到几百块。越来越多的人知道他们旁边有一个最幸福的傻子，可他毕竟是个傻子。

湖鸟接触越来越多的人，他仍旧笑着说幸福幸福幸福，可他的表情再也没有原来的单纯。他想，这是什么，那又是什么？他想，你们为什么看着我，我又为什么会紧张。

在一次店庆活动上，湖鸟认识了翠翠。翠翠小时候因为高烧导致先天弱智，基本没有了生活能力，可她长得漂亮，放在任何地方都能让人同情，而且奇怪的是，先天弱智的翠翠特别会唱歌。

很快湖鸟就喜欢上了翠翠，两个人也算是投缘，虽然他们之间连正常交流都不能实现，可他们很满足。

可幸福的时光总是很短暂的，两年之后翠翠因为身体虚弱引发了别的疾病死掉了。从此，湖鸟拒绝登台，拒绝表演，他时常突然把手里的窗花撕得粉碎，时常站在人群中大喊大叫……

有人说："幸福的傻子疯了。"

有人说："他还想着翠翠，傻子也懂爱。"

又过了两年，湖鸟重新登台，表演剪窗花，表演傻笑，闪光灯和目光重新聚焦到他的身上。

可突然间没有人关注他了，他站在台上，所有人远离他，他低头剪着自己的窗花，突然用力的把剪刀丢在地上。

大约又过了十几年，在北京再平凡不过的街头上，坐落在幸福路一号的幸福 chocolate 店面临倒闭，不知道是谁花了很多钱盘下这家店，仍旧是原来的名字，这家幸福 chocolate 店还保持着原来的样子，原来的装修，连窗口都是原来的实木窗口，虽然破旧了一些，但却是岁月的样子，更符合幸福的主题。

不知道哪一天，一个叫湖鸟的傻子突然出现在这家幸福 chocolate 店的门口，他不知缘由地笑着，嘴里不停地说着，“幸福幸福幸福”。

一只公鸡昂着头骄傲地走过幸福路一号，咯咯咯叫个不停。

它跳过栏杆，飞过汽车穿流的人行道，停在有蒲公英味道的长椅旁边。

在幸福 chocolate 店门口，拉了一堆鸡屎。

有人踩在了鞋子上浑然不知，继续向幸福路的方向走。

有人踩在鞋底，一路肮脏地走到幸福路的尽头。

有人在街口打电话低头看到肮脏的鞋子破口大骂，他说：“我在幸福路上踩到了鸡屎。”

004
是不是我的 18 岁

18 岁是个纠结的年纪，有人把你当大人看，但更多人的把你当 18 岁的未成年来看。没有人关注 18 岁青少年自己在说什么，想什么，所以决定为 18 岁的少年们说点什么。

至于说什么，怎么说或者你能能不能听懂，就全凭缘分了。

郑尚熄灭烟头，一口水淹没了散落在墙角的烟灰，烟灰浸水渗到地板的缝隙中，一点痕迹都没留下。为了使案发现场看上去更自然一点，又在地板上用力踩了两个脚印，“毁尸灭迹”之后心里骤然多了几丝安稳。

一个东西完完全全遮盖了另一个东西的痕迹，这应该算是最好的伪装，比如放在衣橱顶上的零钱罐，比如放在床铺底下的《新婚夫妻指南》……可这些东西几乎都被我们找到了。

不管有多大的手掌掌控着我们的青春期，我们总能从缝隙中探出手来，揪一揪异性的裙摆、踩一踩薄薄的冰面、偷看一眼隔壁的姑娘。郑尚细致如此，郑母更胜一筹，每次都能凭借着几个脚印寻找到郑尚的犯罪证据。

18 岁的少年只会自己把自己当作成年人，而在成年的父母眼中，郑尚此类仍旧处于“小树不修不直溜”的过渡阶段。所以说，十八岁的天空是顶着青春期阴影，又走在朝阳与烈日之下的。你想做什么、要做什么，父辈们基本了如指掌。因为他们也曾年轻，也曾 18 岁。但无奈的是他们在十七八岁犯过错误，他们犯过的错误，绝不允许发生在你的身上。

打开窗户、喝一口水、抖抖身上的烟味，郑尚走进客厅的时候，郑父正在沙发上一本正经地看书。郑父早就说过，“一本正经”本就是“一本，正经”的意思，说的就是手里拿着一本正道明理的经书。

看到郑尚从卧室里走出来，郑父的一本正经陡然变得更加谨慎了，一边看书一边用眼睛的余光观察郑尚的反应，本意是想告诉郑尚，“看我在做什么，你又在做什么！”但父辈们好像无法理解，这样的眼神加上一本正经的威严，绝大多数的孩子是持反抗心理的。

郑尚起身喝水，瞄到郑父书中有一封信，其他的全然看不到，只能看到“历城第五高级中学”几个字，心里一下子紧张起来。

赵老师几次警告郑尚再犯错误就联系家长，不过前几次最终都不了了之，看来这次是动了真格的。小学的时候老师就给我们讲“狼来了”的故事，到了高中“狼来了”反倒成了老师的一种武器，心理素质差点的第一次就被吓到了，估计整个高中历程上都不会有“重大刑事案件”。

有的就不一样了，像郑尚这种从小就生活在“教师父亲”阴影下的孩子，心理素质像铁打的一样，吓个三两次就会以为你在跟他闹着玩，见不到狼断然不会相信你。但这次狼真的来了，可怕的是狼不是冲着羊群来的，而是冲着放羊娃来的。

郑尚的紧张情绪一下激发了郑父，“郑尚，你过来，我有话要跟你说。”郑父表面上风平浪静，心理却嗖的一下蹿出火苗来。他不敢当着郑母的面“教育”郑尚，这叫矛盾差异。

郑父是郑母的丈夫，但郑母毕竟更多的时候都在扮演着母亲的角色，谁敢动她儿子她就要动他老爹。

在对待儿子的教育问题上，郑母的态度很明确：自己打得，别人打不得；自己骂得，别人骂不得。世间母亲大多如此，但承受这般委屈的儿女们竟因此觉得宽慰，所以母女情、母子情是这世界上最复杂的情感，不是你给我一栋房产，我还你子嗣延绵就能解释得了的。

郑父把郑尚叫到卧室，转身关上门就是凌空一脚踢到郑尚的屁股上，无数个“研究表明”和“实践真理”让暴力的父亲们找到了最佳的施暴部位——屁股。既能让知法犯法者感到疼痛，还不至于留下伤疤影响门面。

郑尚本以为这个时候郑母会像超人那样出现，把他带走或者打倒施暴者，但直到整个案发现场被清理干净，郑母都没有出现。

郑父警告郑尚刚刚发生的都是没有发生的，不要乱嚼舌根，否则刚刚发生的就会成为将要发生的。

一个简单的陈述句，变换一下时态就能变成感叹句，这种恐吓没有十几、几十年的积累是断然学不会的，而郑父对郑尚的“思想及身体教育”可谓遍布家里的每个角落。

客厅的沙发旁边放着一盆不知姓名的圈养植被，花小叶大、枝干脆弱盘曲类似无花果的缩小版，最明显的特征却是——碰之即臭。一向以理服人的郑父还在花盆旁边的标签上写了一句颇具教育意义的话“遥望生情，碰之即臭”，还给这盆圈养植物起了一个响亮的名字“静若处子——勿碰”这种教育方式经郑父之口传给四邻八舍，郑父竟然瞬间成了一个教育家，在邻居间的威望可比当年的孔子。

郑尚吸烟只有姐姐和妈妈知道。一直对外美化儿子形象的郑母，让郑尚在公众面前不敢有所不轨，而郑父却没有一点以身作则的意思，终日以“烟筒”形象示人。这样一来，偷着吸烟的郑尚也算得到了些许的精神慰藉，即便没有合法吸烟的理论依据，至少在郑父那里他可以找到合法吸烟的现实基础。

郑父也曾戒过一段时间烟，后来大姑爷买了一个金子做的烟嘴，至此郑父重新回到烟雾缭绕的战争生活，戒烟那段时间和谐的夫妻生活也就此打住。但在郑尚看来，老两口吵吵闹闹的过日子，气氛反倒比郑父戒烟的日子更加热闹充实，所以说，生活跟食物一样都需要添加剂。

在养老这个问题上，郑父郑母并没有多大担忧。因为郑尚有一个大自己一分钟的姐姐，就算郑尚不孝顺，还有一个贴心小棉袄可以依靠。

郑母产子的时候第一个出来的个女孩，郑父很开心，有了这" 招商银行" ,以后的生活算是有了保障。

郑父本以为第二个也会是女孩，这样，有两个“招商银行”就更有保障了，于是下楼买了最高档的奶粉。没想到回来之后发现带把儿的郑尚躺在郑母旁边，郑父脸色大变遂把奶粉冲了全喂了女儿。

重男轻女的思想在历朝历代经历了数千年，却被现代思维瞬间击破，所以说思想教育有时候也是靠不住的。

郑尚的姐姐叫周雨，郑父郑母生孩子之前就已经商量过，男孩跟郑父姓也算子嗣传承，女孩跟郑母姓，也算对郑母的安慰。郑父原名郑尚仁，意为高人一等，但最终却平平凡凡，郑父觉得是时间问题，遂给儿子取名郑尚。“尚”是个动词，意为攀登向上，也算继承了郑父的衣钵，另外才是高尚的意思。郑父这一语双关用得颇为贴切，时时拿出来炫耀。郑母原名周雨心，40 岁才得的名字，随了冰心的文艺范儿，借了当时的天气，跟着郑父的节奏给女儿起了周雨的名字。

周雨考上北京大学的时候，郑父极为宽慰，摆了好几桌上等的饭菜为开学的周雨送行。周雨不是物质的女子，对功名更是不屑一顾，身上有一股子李白当年的豪放气息。郑父摆酒宴的当天去了很多人，亲戚朋友连长久没联系过的朋友都请了来，不过郑父那天却一语不发，原因是谁都来了，就是周雨没来。周雨一大早打好了行李就出门了，客人们赶到的时候，周雨已经身在北京大学未名湖畔了。

周雨考上北大之后，郑尚的地位瞬间矮了一个台阶，逢人就得抬头，时间久了竟累出了颈椎病，以致连头都抬不起来。郑父郑母更是恨铁不成钢，整日的千锤百炼，熔炉火、铁锤敲，炼不成钢也要炼出一块好铁。可怜天下父母心，郑尚对此完全不能理解，他相信自己有金子的品质，要先埋在沙里日后才能有惊人一举。

郑尚比周雨只小一分钟，却比她矮一年级。郑尚的身高属于后来居上，幼年时期郑父一度想要抛弃这个面黄肌瘦缺乏生机的孩子，连幼儿园老师都觉得他应该留级一年，否则会被更多的人耻笑。郑尚的雄性激素一直没有正常分泌，积压在身体里成为积怨，直到16岁那年，正值青春期的郑尚雄性激素像是一下子全都爆发了出来。身高从160cm瞬间激增到180，不用再抬头看人的郑尚被积压的委屈和怨恨也瞬间迸发，从一个只顾低头读书的三好青年，瞬间变成了一个校园霸王。

郑尚高二的时候，周雨考上了北京大学，那天早上郑父摆了宴席，周雨一大早收拾行李离开。郑尚本来打算来一场周末野游，带几个朋友去郊区的山林里探险，但却被一脸失落的郑父拉了回来。宴席缺了主角，送别的戏就会充满悲伤，搞不好人家吃了你的饭还要说你的不好。郑父久经沙场自然不会让这样的事情发生，一场“北大学子送别会”瞬间变成了一场“考前动员会”！

考前动员总会让人心情澎湃，能树立一种虚伪的自信，但这种澎湃非常短暂，短到自信还未树立就被击溃了。郑尚成了宴席上的主角，但他深刻地体会到，并非所有免费的午餐都是好吃的，尤其对于已经脱离温饱问题的人来说，在宴会上制造话题和舆论会成为一种乐趣。对于这些经历过世纪交替的人来说，经济腾飞带给他们带来的思乡腾飞是巨大的、不可估量的。以前，能解决温饱是一件快乐的事情，但现在温不温饱是一回事，能不能快乐的温饱却是另一回事。

宴席缓慢地进行，郑尚男一号的感觉也越发平淡，总有一种占着茅坑不拉屎的感觉，这样一想顿时没了食欲，借机便溜了出去。刚走出酒店门口，那种束缚感顿时烟消云散，像憋在肚子里的一团臭气，通了便不痛了，肠胃之间可以紧密地贴合在一起让人舒适。

鸟被关在鸟笼里是一个历史事件，千百年来不管是学富五车的文豪墨客，还是目不识丁的文盲乞丐，但凡有父母的人都会经历这样一个过程。

把这句话理解成被动句就会多一些束缚和排斥，毕竟不是自身所想。若要把这句话当成主动句，那就更加无理了，鸟的天空永远无法变成鸟笼的天空，它们有不同的所想所以也会有不同的所在。

干脆逃掉，奔到哪里就在哪里自由一把。

突然想到了张震岳的爱之初体验。

想要买酒来浇忧愁

却懒懒不想出去走

想要来一包长寿烟

发现我未满十八岁

是不是我的十八岁

注定要为爱掉眼泪

歌里唱得很清楚，是不是我的 18 岁？有人这样迷惑着；是，不是我的 18 岁，有人这么清醒着。

你呢，你觉得是不是我的十八岁？

005

路

“世界上本没有路，拖拉机开过去留下两道褶子，那是什么？那是路！拖拉机不下河不上山，专往出好庄稼长好苗子的肥土里扎，这车就是领头羊，就是齐风！”

世界上本没有路，走的人多了，也便成了路。

鲁迅说这句话的时候，齐风还没有出生，所以他没有听到。齐风出生在贫苦的农村家庭里，走的都是养牛耕地种田然后丰收的庄稼路，祖祖辈辈喝的都是山泉水，院子里猛不丁蹦出个自来水管把全村人都吓了一跳。

村里人不喝自来水，仍旧去山上挑山泉水喝，自来水用来浇菜喂牛。

齐风 8 岁的时候，二十里开外的隔壁村里新建了小学，可放羊娃仍旧在放羊，这里消息闭塞，所有人都觉得花钱上学不过识几个大字，不如放羊挣钱，将来还能有间大瓦房娶个花姑娘。

齐风赶早起床去山上放羊，刚走到半山腰被父亲拦住，不容分辩丢上自行车飞一般奔出二十里地去。

齐风的爸爸让齐风上学。

齐风舍不得他的羊群，领头的公羊已经被驯化得极其通人性，羊群不用怎么管理，在草丛里睡一天羊群还在。第一个怀孕的母羊离下崽还不到十天，齐风还想着为它接生。从山沟里掉下去摔断了腿的波尔山刚刚能走路，得吃最新鲜的草、喝最清甜的山泉水……

这是齐风想走的路，放羊、放牛、耕田、种地，等丰收之后盖大瓦房娶花姑娘。

可齐风的爸爸让他上学，将来连个羊毛都看不到。

齐风没看过书，没进过黄金屋没见过颜如玉，一打开书看着里面的小人呼呼地动起来，心脏都跳到嗓子眼里。

和他一样被拎进学校的还有大胖，村里最富裕的老张头的儿子，从小没下过地干过活，过的都是衣来伸手饭来张口的清闲日子。

大胖翻开书就犯困，一脸的不情愿。

齐风翻开书就看到呼呼乱蹦的小人，满眼都是金灿灿的未来。

转眼间初中毕业，齐风考上了城里的一所高中，学费昂贵。齐风的妈妈原本就不支持齐风上学，唧唧咕咕说了一大堆有的没的，齐风的爸爸一脚踹在她腰上，连滚带爬翻出去好几个滚儿，“娘们儿家的知道什么！看不惯滚回娘家去！”

齐风爸爸这一脚就断送了大半辈子的婚姻，齐风妈妈跑回娘家带着七大姑八大姨杀回来，一群人指指点点说齐风爸爸不务正业，直闹到分了家产离了婚。

齐风觉得他离不开娘，可却留下来陪着爹。

大胖没等初中毕业就退了学，继续过衣来伸手饭来张口的日子。

城里的高中离家四十里地，齐风爸爸骑着自行车送他上学，齐风家穷困没钱住校，每天上下学奔波四十里地。还没睡醒就得起床，顶着嗖嗖的冷风赶路，眯着眼睛看天上的星星，到了学校天还没亮。

城里的人穿干净漂亮的衣服，齐风穿得土气，像个放羊娃，可他本来就是个放羊娃。同学们取笑他，他耳根清净两眼放光，权当听不到。

齐风次次考试拿第一，很快就引起了校领导们的重视，带着吃的用的去齐风的家里慰问，还帮他申请了贫困助学金、农村低保，转眼间，他成了村里的名人。

大学开学前一天，村支书出钱在齐风家里摆了大大小小十桌宴席，全村有头有脸的老人、干部，全都被请去了，不为别的，为的是杨柳春终于出了大字能识得一斗、知识堆满炕头的大学生。村支书发言，说了一句让齐风终生难忘的话：

“世界上本没有路，拖拉机开过去留下两道褶子，那是什么？那是路！拖拉机不下河不上山，专往出好庄稼长好苗子的肥土里扎，这车就是领头羊，就是齐风！”

那天齐风才知道，他要走的路还有另一条，他要把路铺到村子里，让闭塞的人看看外面的世界。

图书在版编目(CIP)数据

谢谢你,路过我的青春 / 吴鹏著.—北京:中国华侨出版社,2015.11

ISBN 978-7-5113-5772-4

Ⅰ.①谢… Ⅱ.①吴… Ⅲ.①随笔-作品集-中国-当代 Ⅳ.①I267.1

中国版本图书馆 CIP 数据核字(2015)第271032号

谢谢你,路过我的青春

著　　者 / 吴　鹏
责任编辑 / 文　蕾
责任校对 / 高晓华
经　　销 / 新华书店
开　　本 / 670 毫米×960 毫米　1/16　印张/16　字数/241 千字
印　　刷 / 北京建泰印刷有限公司
版　　次 / 2016 年 5 月第 1 版　2016 年 5 月第 1 次印刷
书　　号 / ISBN 978-7-5113-5772-4
定　　价 / 29.80 元

中国华侨出版社　北京市朝阳区静安里 26 号通成达大厦 3 层　邮编:100028

法律顾问:陈鹰律师事务所

编辑部:(010)64443056　　64443979

发行部:(010)64443051　　传真:(010)64439708

网址:www.oveaschin.com

E-mail:oveaschin@sina.com